畫出無窮創意的動物畫

善用點、線、面，手繪插畫就是這麼簡單！

Contents

目 錄

Chapter 1

準備好繪畫工具

Chapter 2

讓自己具備隨手繪畫的能力

Chapter 3

從基本形開始畫動物

Chapter 4

你也可以畫得很像

Chapter 5

動物瘋狂，創意也瘋狂

Chapter 

如何創作一幅完整的動物主題畫？

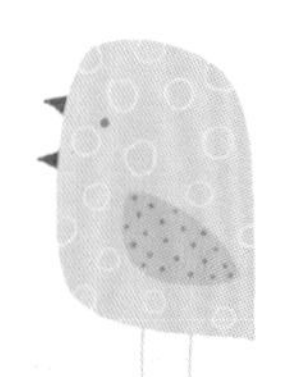

Chapter 7

帶著畫筆走進動物的世界

Chapter 8

親近動物，親近自然

To the readers

寫給讀者

每個人都有自己喜歡的動物。有人喜歡大棕熊，有人喜歡小鼴鼠，有人喜歡長頸鹿，有人喜歡無尾熊，有人喜歡黑貓，有人喜歡白兔，有人喜歡金絲猴，有人喜歡變色龍…對於喜歡的動物，也許有一天我們不再滿足於在電視上、網路上看到的，不再滿足於自己用相機拍到的照片，而希望能用畫筆親手畫出來，把記憶畫出來，把美好畫出來，把創意畫出來…，讓畫畫能實現更多自己的想像，我想這是我們學習插畫的動力之一吧！如果說在此之前對於動物的喜好是純感性的，那麼現在我們可以通過插畫來培養自己的觀察力、記憶力、想像力和創造力，這樣更有助於我們深入地、理性地瞭解動物，透過插畫把自己對動物的認識和情感表達出來。

本書的重點是講解動物插畫的創意。動物創意插畫是由動物、創意與插畫三部分構成。動物是參考，創意是思想，插畫是執行。參考動物的動作行為後對其進行構圖造型，並將富有創造性的思想理念以插畫的形式表現出來，從而達到自己想要的結果。所以創意是關鍵因素，動物插畫創意無處不在，只要您願意用心，一定能創作出讓更多人認可的動物插畫作品。

“你也可以畫得很像”這一節講解了繪製動物的方法步驟和基本技法。其中沒有具體強調所使用的繪畫工具，因為工具不是最重要的，每個人都有自己喜歡的繪畫材質和工具，用自己最喜歡的材質以最擅長的技法去表現才是最重要的。步驟是一種參考，技法是一種啟發，畫畫不是按部就班的機械行為，而是要從中去感悟，也許您看了後可以表現得更好呢？至少可以說“我也可以畫得很像”。

動物插畫的趣味不僅僅來自動物本身的可塑性，也來自於動物 本身的可變性。怎樣變形？怎麼變形好看？“任何動物都能變形”一節講解了多種創意變形的基本法則和案例，提供了解決這個問題的方法。當您的思路被困住的時候，這些方法說不定會對您有所啟發，幫助您產生新的想法。掌握這些變形創意的法則，對以後創作動物插畫一定會有所幫助。

看完“動物擬人”這一節你會發現，哇哦！動物還可以做出那麼多類似於人類的動作，可以穿著和人類一樣的裝扮。在“像孩子一樣天馬行空地畫畫”這一節中，您一定會感歎原來無拘無束地畫畫本身就是在創新啊！原來畫動物畫還可以這樣畫！我們也不能僅僅止步於畫動物個體，怎麼能讓動物插畫不再孤立地存在呢？如何創作一幅完整的動物主題畫呢？這是我們要解決的。關於這個問題的解決方案，書裡也有講到，一定要去翻看看哦，您會得到自己想要的答案。

動物插畫很有趣，不但可以把動物畫出來，還可以創作動物題材的作品、實用品並嘗試親手製作動物賀卡、動物明信片送給自己的親朋好友。看完本書一定要試試哦。

本書展示了不同種類的動物插畫，牠們或可愛，或美麗，或憨或萌，希望大家能喜歡上這些動物插畫，希望本書的插畫實例、創作思路和技法能夠給您在今後的插畫創作中帶來幫助，希望本書能夠成為動物插畫愛好者以及兒童插畫愛好者的知音和好幫手！

畫兒晴天

人為什麼會喜歡動物呢？因為牠們能夠為我們帶來愉悅的心情。動物的世界美麗而神秘，不去親身體驗又怎知牠們無與倫比的自然之美呢？如果不曾有過親密接觸，沒關係，現在就一同走進大自然，去親近動物吧！

我和動物有個親密約會

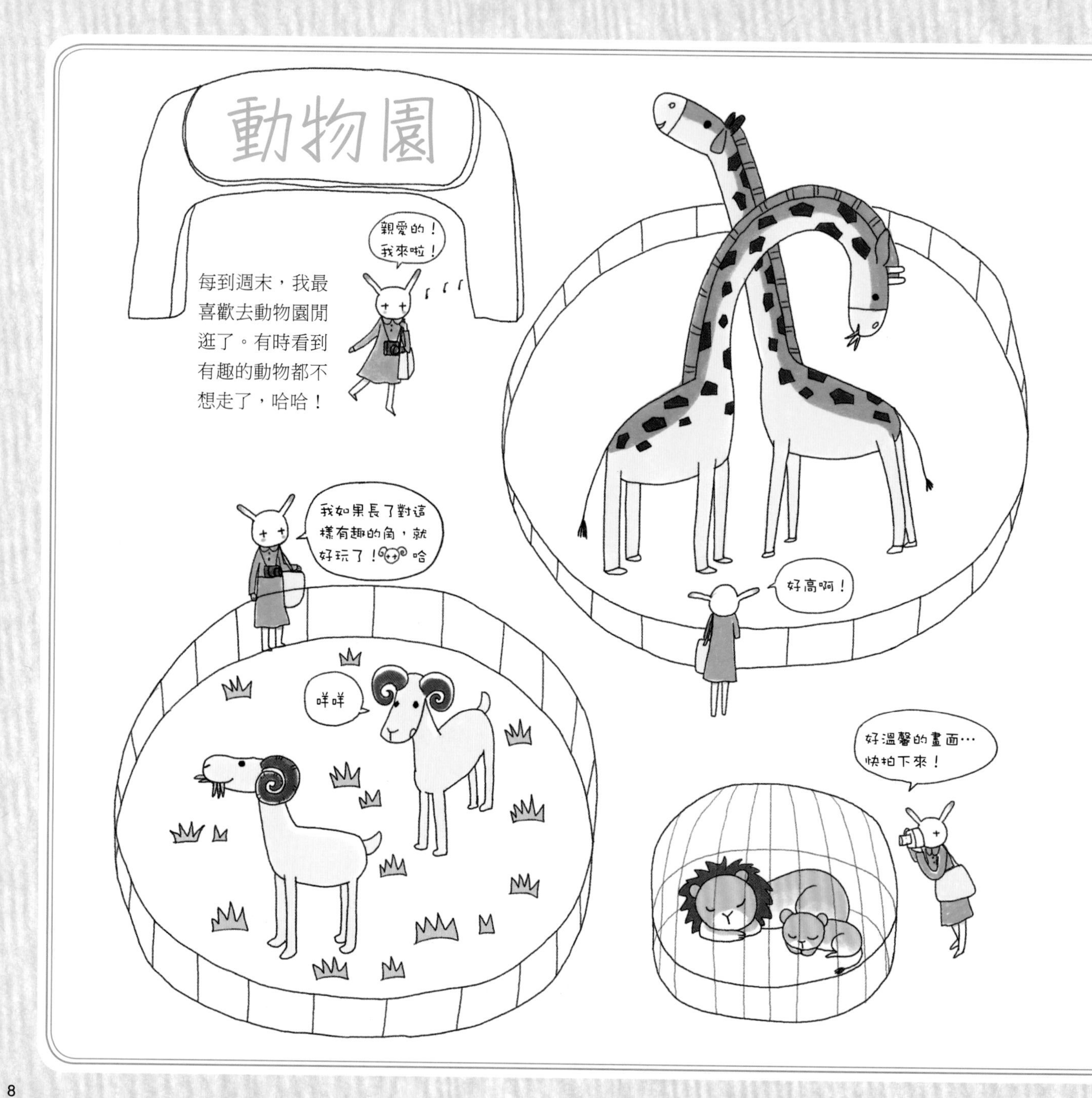
動物園
親愛的！
我來啦！
每到週末，我最喜歡去動物園閒逛了。有時看到有趣的動物都不想走了，哈哈！
好高啊！
我如果長了對這樣有趣的角，就好玩了！哈
咩咩
好溫馨的畫面⋯
快拍下來！

回到家，滿腦子
都是牠們…
情不自禁地將牠們
畫下來 …
艾優貝，
艾玩兔的密友
又去動物園了？
我只會畫一些
小草
小花
頂多畫出一隻小雞
崇拜死你了，艾玩兔！能畫出這麼可愛的小動物。

拿出自己的動
物畫來展示
太震撼了！
要是我能畫出
可愛的動物，
那該多好呀！
好難啊……
一點也不難，
不信，
跟我一起學畫動物吧！
畫出可愛的動物很簡單！

準備好繪畫工具，此時的你一定已經準備好繪畫的心了。那五顏六色的色彩、各式各樣的畫筆、一張張畫紙彷彿是會飛的魔毯，隨時準備帶我們飛入動物的世界。相信很多人都想坐一坐這張魔毯，體會一下童話故事中的感覺，體驗一下動物插畫的樂趣。

Chapter 

準備好繪畫工具

1 常用畫具

繪製插畫之前先來瞭解常用畫具的特性及其表現手法，以便能在使用的時候使其表現出更好的效果。熟悉輔助工具會為插畫帶來更多的便利，下面介紹手繪常用畫具和輔助工具。

1.1 筆

在繪畫時要根據不同的風格選擇不同的筆，所以需要對筆做一些基本的瞭解。以下利用對比圖幫助大家能更直觀地瞭解筆的樣式、筆觸和繪畫的基本效果。

直接畫畫的筆

鉛筆 黑白分明，易於修改

鉛筆筆觸

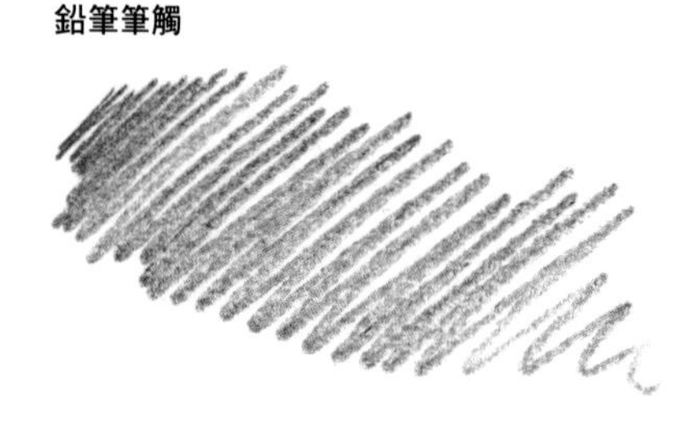

鉛筆繪畫實例

簽字筆 線條均勻，下筆流暢

簽字筆筆觸

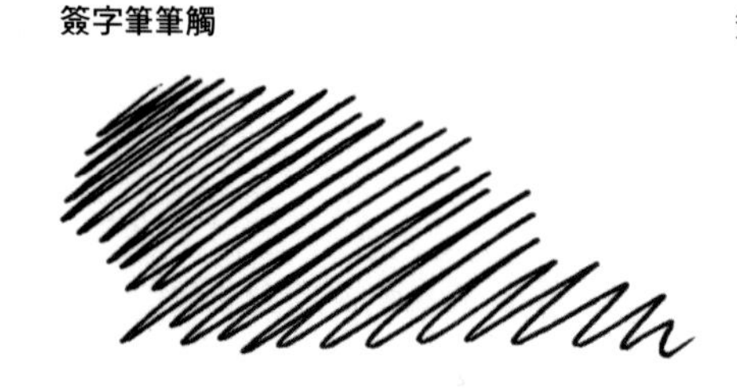

簽字筆繪畫實例

色鉛筆 色彩豐富，繪製細膩

色鉛筆筆觸

色鉛筆繪畫實例

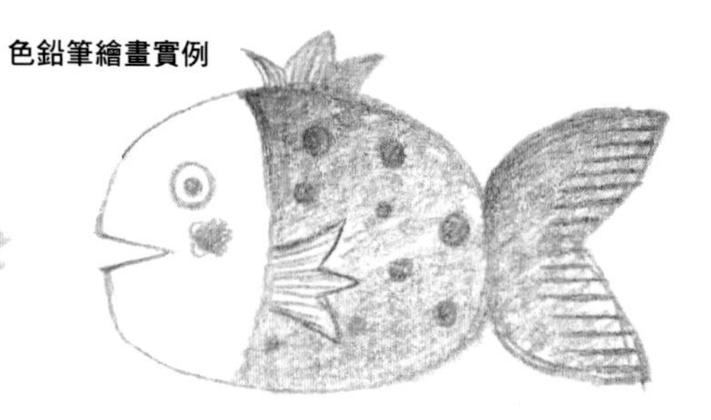

馬克筆 色彩豔麗，使用方便

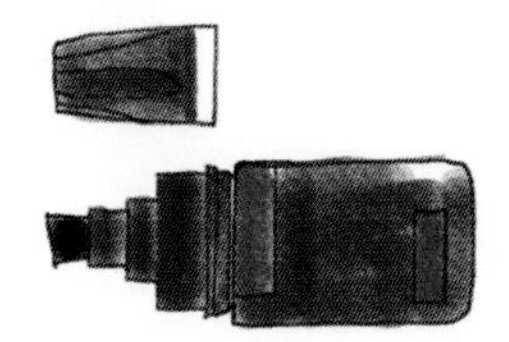

馬克筆筆觸

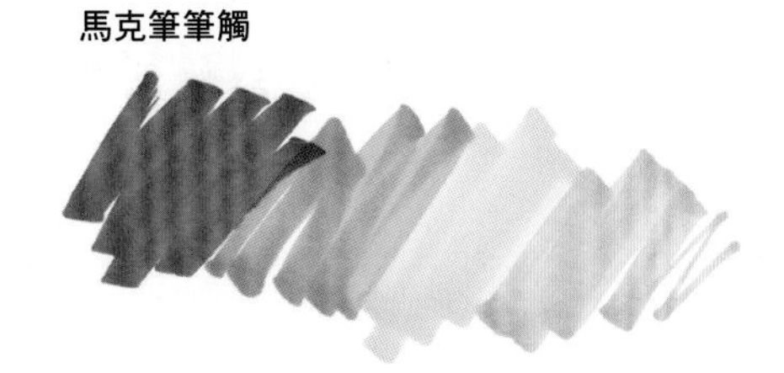

馬克筆繪畫實例

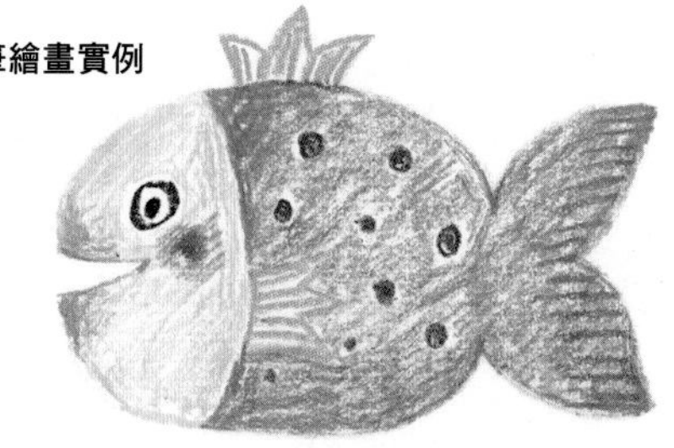

油畫筆 畫風粗獷，覆蓋力強

油畫筆筆觸

油畫筆繪畫實例

需要沾取顏料的筆

水彩筆 質地輕薄，透明度高

水彩筆筆觸

水彩筆繪畫實例

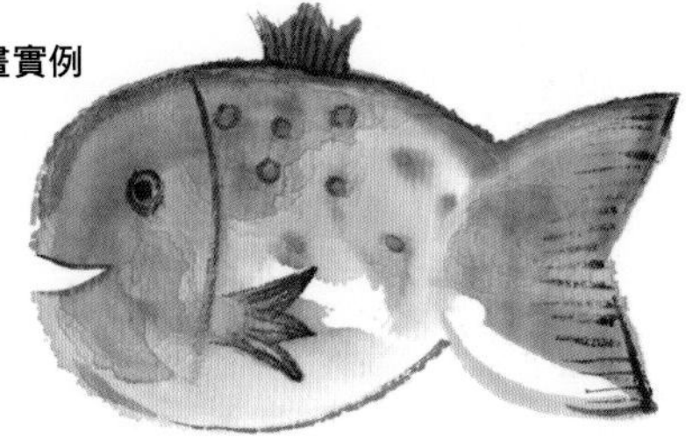

毛筆 吸水力強，流暢自如

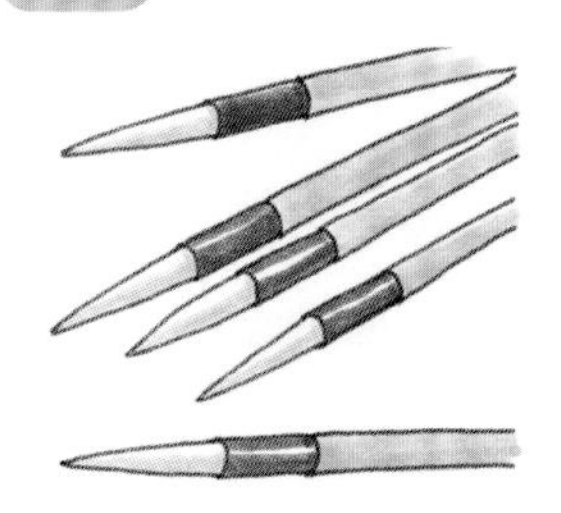

毛筆筆觸

毛筆繪畫實例

1.2 各種紙

畫紙關乎著最後的繪畫效果，所以需要先瞭解各種用於繪畫的紙張，比如複印紙、素描紙、水彩紙、水粉紙、彩色影印紙、宣紙、素描本、速寫本、刮刮紙和卡紙等，知道這些畫紙的特性後再選擇與之相搭配的畫筆和顏料。

畫紙推薦

影印紙

影印紙繪畫效果

彩色噴墨紙

彩色噴墨紙繪畫效果

水彩紙

水彩紙繪畫效果

水粉紙

水粉紙繪畫效果

刮畫紙

刮畫紙繪畫效果

影印紙是很好的速繪用紙，也可用於比較細膩的作品，相較於影印紙，噴墨用紙更加細膩，尤其適合色鉛筆作畫，畫上去的色彩附著力強。水彩紙比水粉紙細膩，尤其適合水彩表現。水粉紙顆粒比較明顯，適用於水粉顏料。刮畫紙結合了多種繪畫特點，任何工具在紙上都可以刮出色彩斑斕的畫。

2 其他輔助工具

除了畫筆外，在繪畫中可能有機會用到其他工具，比如刮刀、美工刀、尺、調色盒、橡皮擦（可塑橡皮擦）、海綿、吸水布、水瓶（水桶）和留白液等。

刮刀

刮刀，也叫油畫刀、調色刀，用於將顏色挑到畫板盒上，也可以直接當做畫筆來作畫。

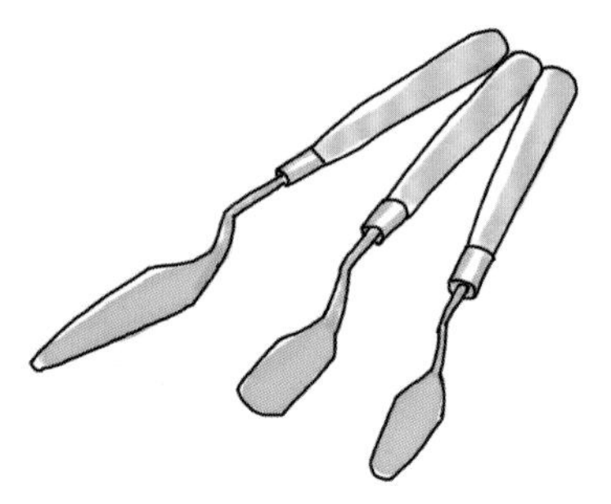

美工刀

美工刀大多由塑膠刀柄和刀片兩部分組成，為抽拉式結構。刀片多為斜口，用折刀器折斷鈍的刀頭即可出現新的刀鋒，方便使用。主要用於裁剪紙張、削鉛筆等。

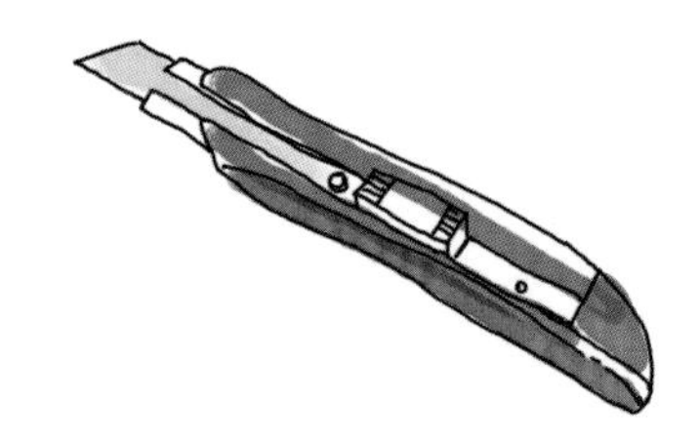

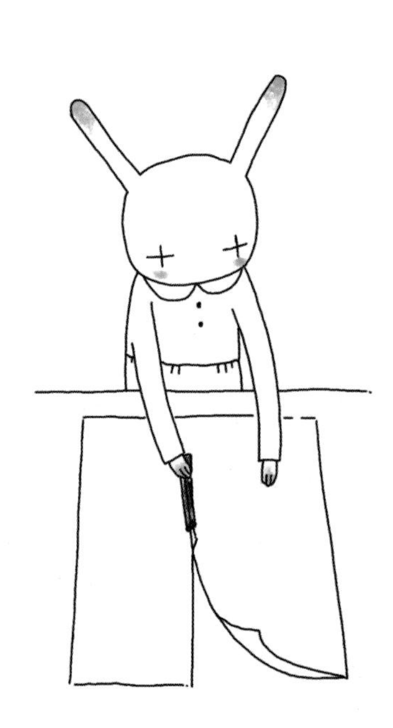

鋼尺

鋼尺是用薄鋼片製成的帶狀尺，抗拉強度高，不易拉伸，所以量距精度較高。除了測量尺寸，裁切紙張時也會用到它。

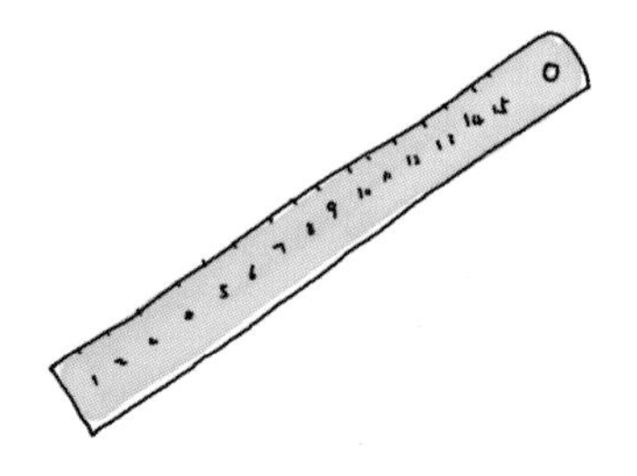

水桶

一般分為可折疊水桶和固定水桶。主要用於裝水，現在有的水桶連調色盒也配備上了，很方便。水桶主要用於裝水洗筆、調顏料等。

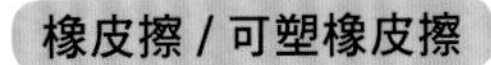

橡皮擦 / 可塑橡皮擦

橡皮擦和可塑橡皮擦用於擦除大面積的痕跡，且與樹膠相像。可塑橡皮擦的強度使它不會留下殘渣，故其壽命比其他橡皮擦要長。

調色盒 / 調色板

調色盒主要用於盛放顏料，便於攜帶顏料外出寫生。調色板主要用於在室內作畫時調顏料。

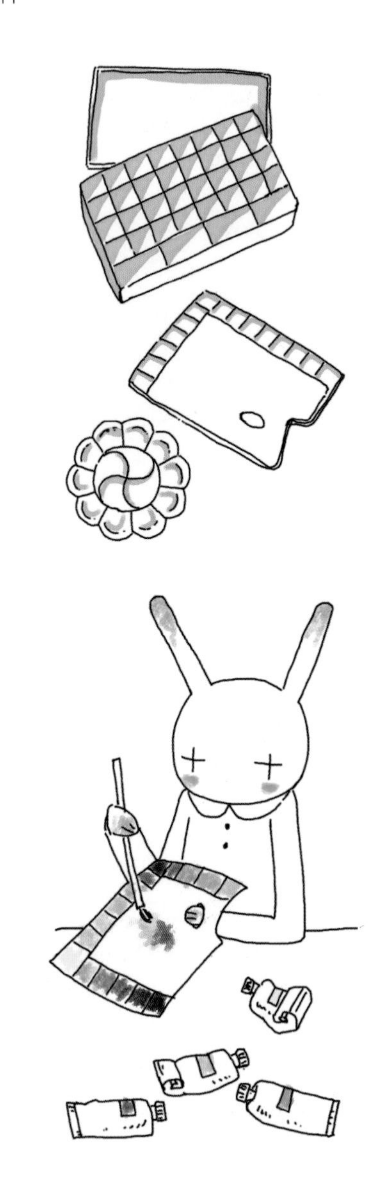

海綿 / 吸水布

海綿和吸水布主要用於吸取水分以及清潔畫筆、調色盒、畫板等。

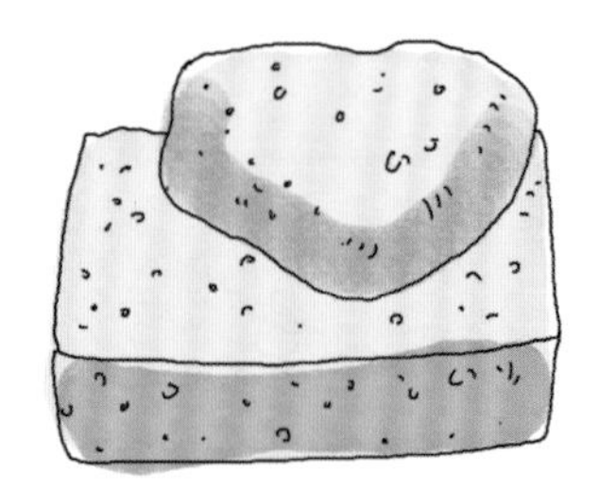

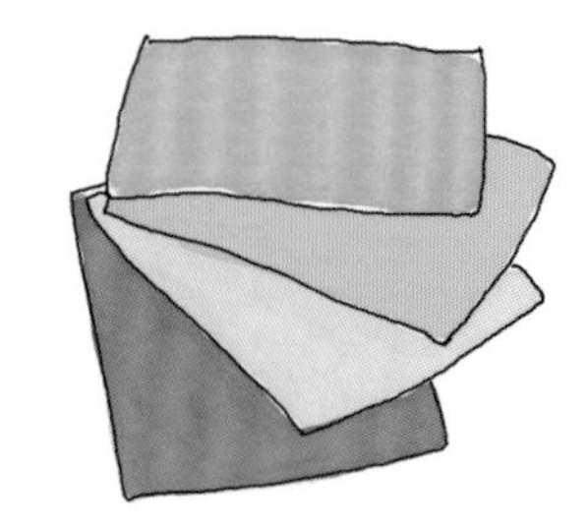

噴壺和膠帶

噴壺用於加濕畫面，增加水分。膠帶分為透明膠帶和水膠帶，水膠帶可用於裱畫。

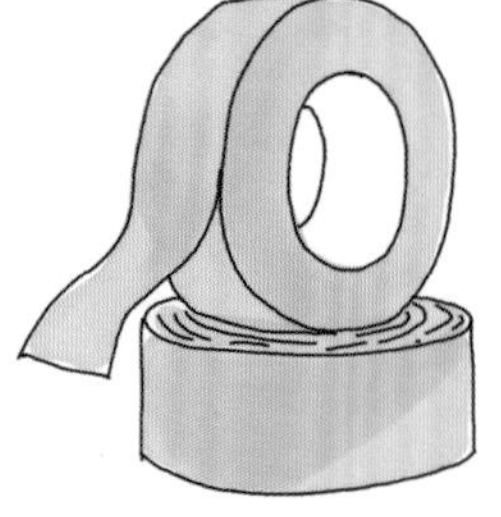

畫板和畫夾

畫板用於放置紙張作畫，畫夾主要用於夾住繪畫紙張，保證畫紙在作畫時不會移動。

有人說點是靈巧，線是善變，面是沉穩，其實它們給人的感覺並非一成不變，而是千變萬化。用點、線、面就能構成一幅幅豐富的圖畫，想要畫出一幅好作品就必須要熟練地運用點、線、面哦！

Chapter 2

讓自己具備隨手繪畫的能力

1 練習畫出不同感覺的線條

線條不僅能繪製出表現物件的外形，還能表現出質感、量感和空間感。線條也能傳達出自己的情感，所以說線條是各種造型藝術表現形式的靈魂。線條是繪畫的重要組成部分，我們要學習用線條來記錄自己的感受和認識。下面就來認識一下線條吧！

1.1 畫出各式各樣的線條

直線 好像蜘蛛吐出的絲

虛線 好像蜻蜓點水

鋸齒線 好像公雞的雞冠和羽毛

曲線 好像蜜蜂飛過的軌跡

弧線 好像青蛙跳躍的軌跡

1.2 線條在圖形中的表現

帶有條紋的魚，可以用橫線、分隔號和斜線來表現

鋸齒線可以用來表現鯊魚鋒利的牙齒

隨意的曲線，用來表現蛇類等爬蟲類動物最合適不過了

虛線很適合表現動物的皮毛哦

小綿羊適合用曲線和弧線來表現，看上去軟綿綿的

1.3 一起感受線條的魅力

繪畫中的筆法，又稱肌理，常指畫中運筆的痕跡。筆觸就是一筆下去在紙上呈現出來的形狀、姿態、感覺。每個人出手筆觸是不一樣的。有大有小，有重有輕，有飄逸的，有厚重的，所以不同的筆觸能塑造出不同的畫面效果。

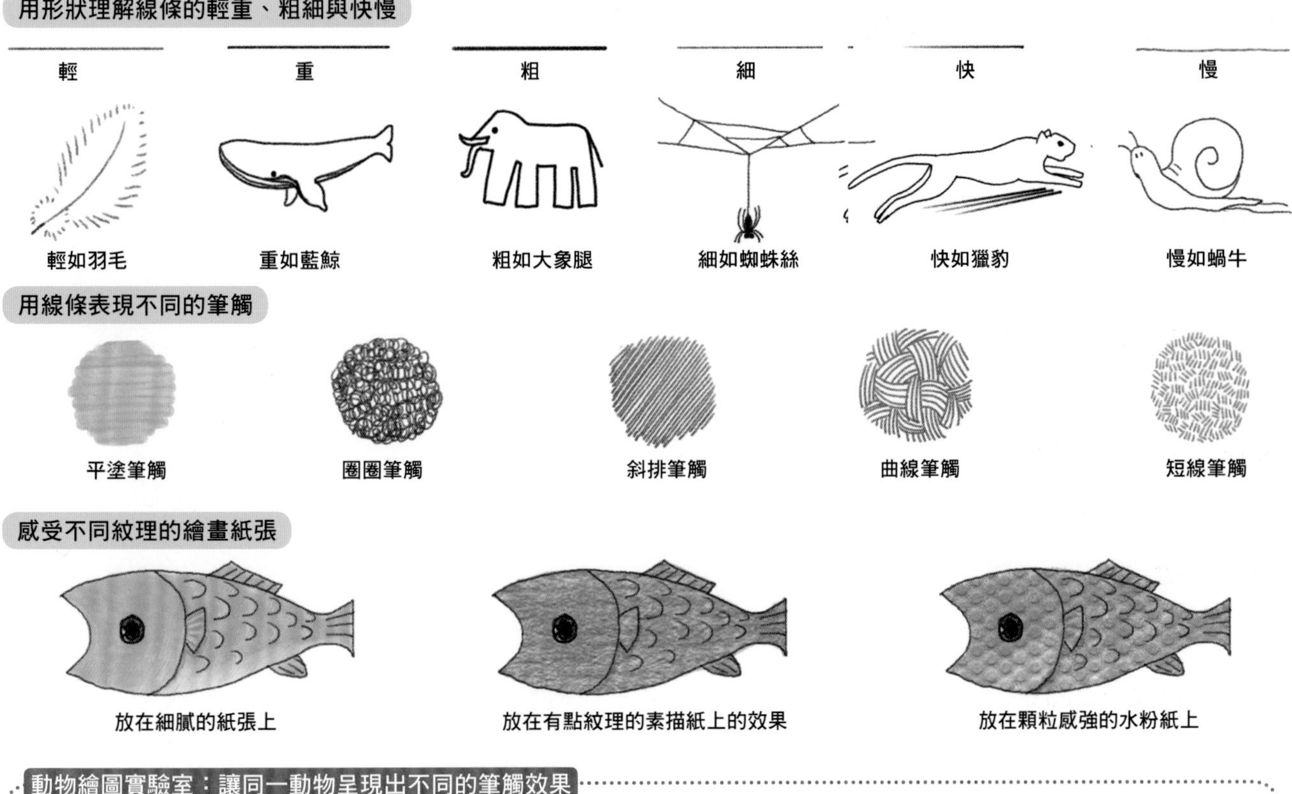

動物繪圖實驗室：讓同一動物呈現出不同的筆觸效果

❶ 平塗沒有明顯的筆觸和肌理變化。
❷ 圈圈筆觸產生毛茸茸的感覺。
❸ 斜塗有點光影投射效果，通過明暗出現光影效果。
❹ 不同的弧線交織在一起，有種毛線團的感覺。
❺ 短線筆觸，給人一種很俐落硬朗的感覺。

2 運用線條表現動物

線條本身很豐富，有粗細、曲直、濃淡之分，這一節主要分析如何利用線條來表現動物，即用不同的線條表現其外形、質感、量感和空間感等。

稀疏的線條

海底世界的魚

魚的外形線條較粗，強調整個魚的外形結構，背景的線條較細，這樣更能區分前後。這幅畫線條比較稀鬆，主要為了表現魚的悠閒和海底世界的寬大。

密集的線條

吃野果的松鼠

這隻松鼠由多種線條組成。松鼠的頭部和身體部分是繪製重點，不同部位上不同走向的線條讓作品顯得更有層次感，如身體的線條、耳朵、肚子上的毛、眼睛上的花紋等身上的線條密，而尾巴的線條疏，不僅有了對比關係，同時也表現出松鼠尾巴的蓬鬆感。

鬆軟的線條

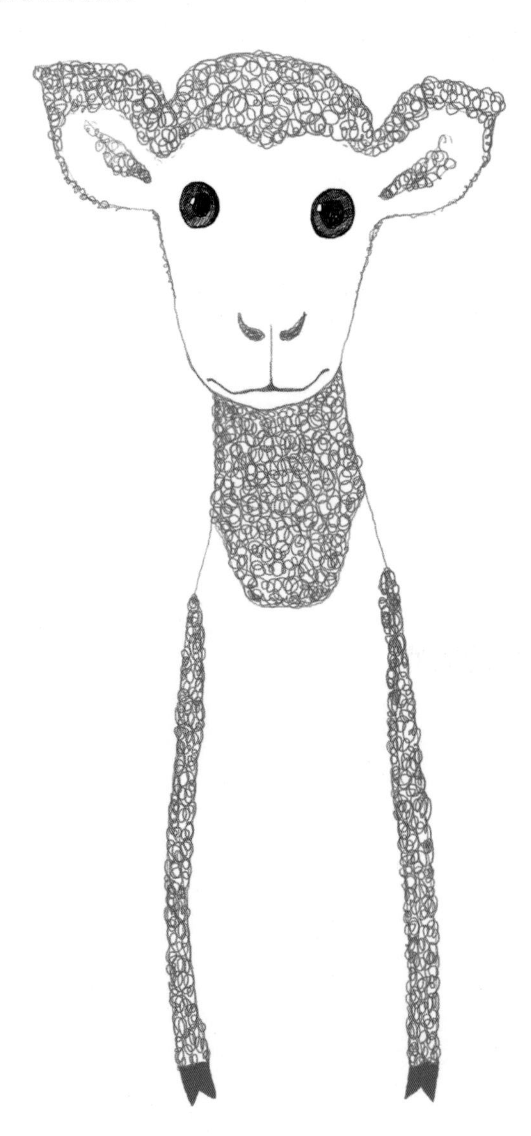

溫順的綿羊

畫中的羊毛用到了曲線和弧線，這類線條有彈性，看上去比較鬆軟，特別適合表現綿羊。

堅硬的線條

耿直的馴鹿

相對來講，表現堅硬的物體時用堅硬的線條來表現效果會更好，這幅畫中用了比較直、有稜角的線條來表現馴鹿的角。

3 利用面表現動物

面是線移動的軌跡，是構成各種可視形態的最基本元素，也是具有長度、寬度和形狀的實體。它在輪廓線的閉合內，給人以明確、突出的感覺。各種不同線的閉合，構成了各種不同形狀性質的面，我們就能透過各種形狀的面畫出不同的動物造型。

面的大小

一隻喜歡散步的母雞

在這幅畫中，分別將馬、母雞和樹葉三個平面元素放置一起，透過穿插和前中後的佈局讓它們之間產生了前後的空間關係。這幅畫中母雞所占的空間比較大，馬的空間比較小，面與面之間明顯的大小對比關係讓這幅畫的空間感非常強。

面的色彩

在大象上嬉戲

這幅畫由多個色塊組成，如橙色衣裙的小兔、藍色的大象和綠色的樹，這幅畫運用不同的色彩表現出了空間的層次感。畫面中大象的藍色與小兔衣服的橙色是互補色，互補色的出現讓小兔顯得十分搶眼。

面的顏色深淺

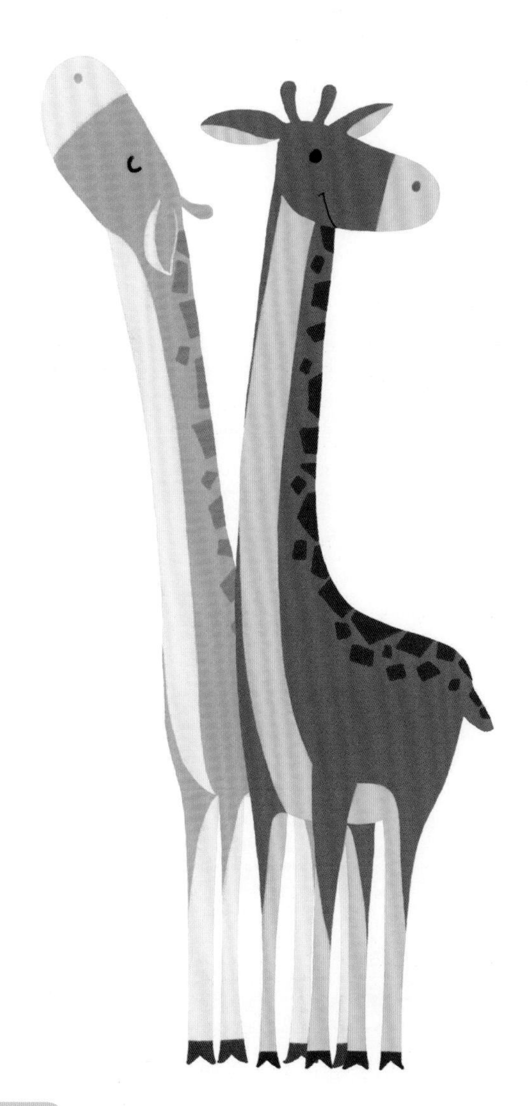

長頸鹿

兩隻長頸鹿的顏色用了不同深淺的色塊，這樣能區分出層次。顏色的深淺也能體現出不同的氣質，深色顯得安定、沉著，淺色顯得文雅、大氣。

面的前後

乳牛

面的前後關係可以透過本身位置的前後確定，也可以透過穿插確定。比如黑牛的手放置在白牛的脖子上，這樣黑牛的手自然就在白牛身體的前方了。另外，在色彩搭配方面，白色與黑色對比強烈，白色靠前，黑色置後。

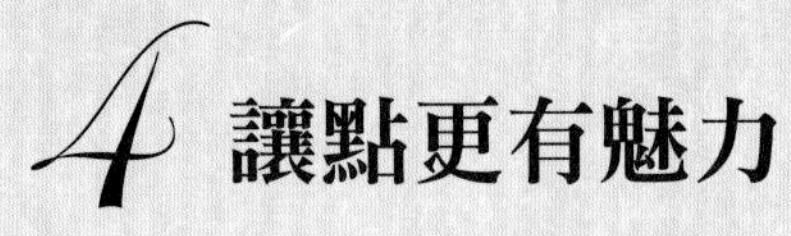

4 讓點更有魅力

點的構成是平面構成中最基本的一個要素，同時也是插畫中最基本的一個要素。我們可以用點來裝飾動物，讓動物變得更有魅力。

點的擴散

花豹

色澤鮮明的花豹斑紋頗具特色，而斑紋點是花豹的特 徵之一。點是畫中重要的繪畫元素，透過點的擴散，形成有趣的斑紋。

點的疏密

紅尾珍珠龍

點是紅尾珍珠龍的特徵之一，右圖中可以看到，魚身上的斑點是有明顯疏密關係的，也有比較明顯的大小關係，這樣畫面就有了變化，多了幾分韻味。

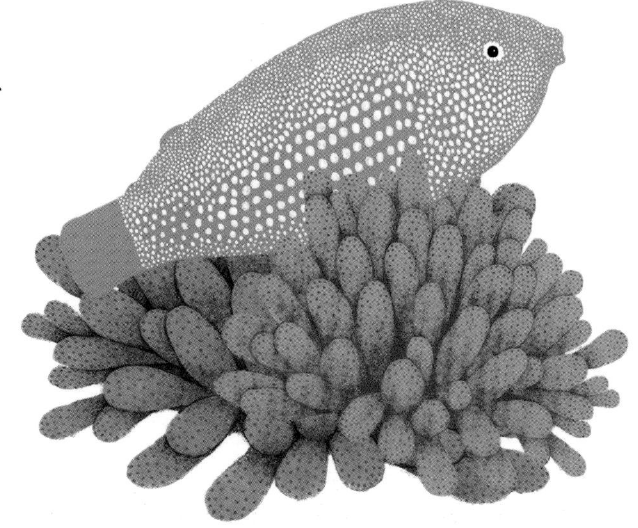

●點的放射

孔雀

用點來表現孔雀開屏，點從尾巴處集中並向外呈一定角度發散出去，具有發散性的特點。這裡也用到了點的漸變，即尾根處顏色較重，沿著尾梢顏色逐漸變淡。

●點的旋轉

花點螺

花點螺殼面的圖案以螺旋式進行排列，不同的角度給人不同的感覺，圖案似乎是逐漸擴大也好像是逐漸縮小，這就是螺旋點帶給人的感覺。

專題 利用點、線、面的結合表現動物

點是繪畫的基礎，兩點相連形成了線，三個以上點的連接則形成面，這就是點、線、面之間的微妙關係。這三個元素運用得當，就能讓畫面更加豐富、更加有肌理感、更加富有藝術生命力。

鸚鵡

提示

除了我們用線條指示的點、線、面，你能否發現其他地方也用到了呢？

圖形幾何化是抽象思維轉化的一種方式，這裡指的是把複雜的動物概括成簡單的幾何圖形，這樣有助於把握動物的外形特徵，提高創意造型能力和快速審美能力。畫動物首先要學會觀察，從動物的表情長相、體型和體態入手。我們可以先從靜止的狀態開始繪畫。

Chapter 3

從基本形狀開始畫動物

從幾何圖形開始

用以下幾個基本幾何圖形嘗試繪畫，經常做此類練習，你會發現很多動物或者動物的某些部位都可由這幾個基本圖形去表現。

方形

動物的頭、身體都可以畫成方形

方形的豬，顯得很憨厚

方形的牛，看上去很老實

三角形

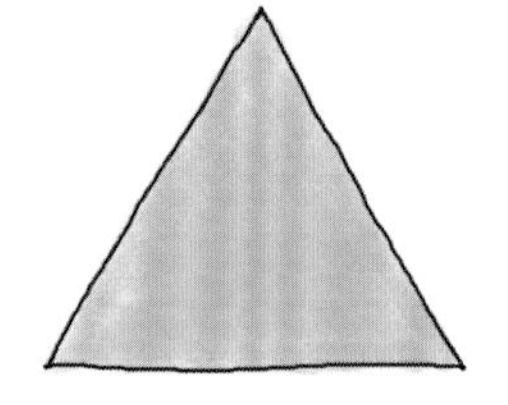

動物的臉龐、耳朵和鼻子
可以用三角形來表現

正三角鼻獅子，顯得鼻頭比較大

狐狸有著倒三角形的臉蛋，顯得更加狡猾

圓形

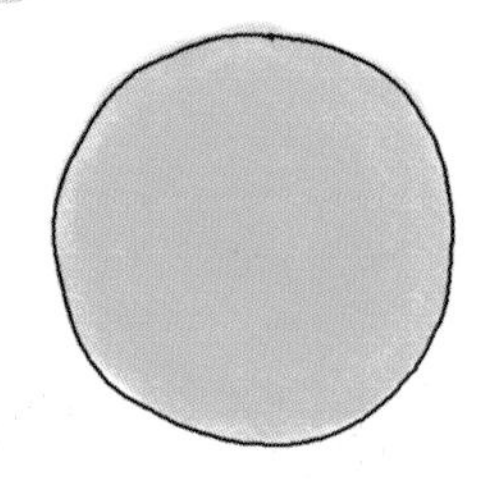

臉龐、眼睛和耳朵等都可以用圓形表現

圓呼呼的小熊，更加可愛

圓滾滾的老鼠，顯得很圓滑

● 用幾何圖形拼貼動物

用不同的幾何圖形畫出各種動物的基本特徵及動態，可以培養自己對幾何圖形的認知能力和組合造型能力。

大嘴鳥

這幅大嘴鳥是由多種幾何體組合而成的，除了剛才提到的方形、三角形和圓形外，你還能看到幾種幾何圖形呢？

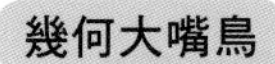

幾何大嘴鳥

如果上圖中的大嘴鳥不是很直觀，現在這幅幾何大嘴鳥，幾何圖形就非常明顯了，可以把這隻幾何鳥拆成右下圖的這些形狀。你能很快從右邊圖中找到對應的部位嗎？

我們用這些幾何圖形來進行幾何拼貼遊戲。相信你肯定能夠很快拼好一隻幾何大嘴鳥。

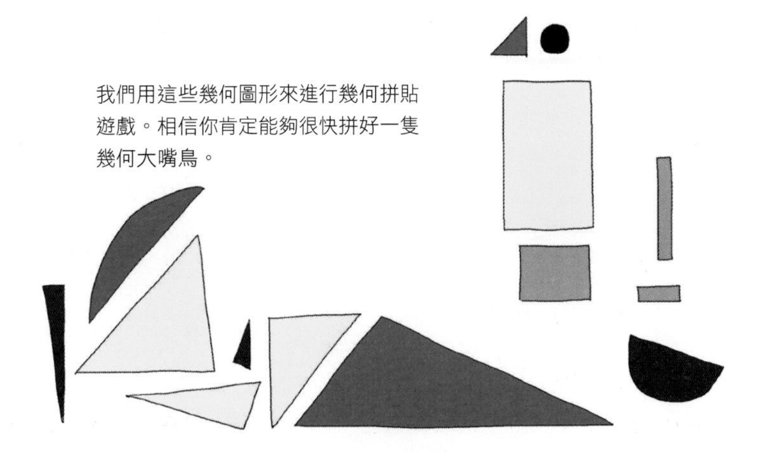

2 從觀察開始

畫動物，我們先從靜止或緩慢的狀態入手，相對於運動中的動物能更容易觀察和捕捉動物的表情、長相、體型和體態。

2.1 動物的體貌特徵

細心觀察動物的表情、長相、體型和體態等方面所表現出來的特點，將有助於準確地繪製出動物的外貌形象和內心狀態。

表情

動物也有面部表情，尤其是哺乳動物，表情特徵比較明顯，面部表情主要表現為眉、眼、鼻、嘴等面部肌肉的變化。從人物與動物的對照圖能更加直觀地看到人能夠做到的表情，動物也能做到。

微笑的小熊　悲傷的小熊　驚恐的小熊　憤怒的小熊

長相

動物的長相指的是動物身上固有的元素，比如臉蛋、毛髮、身材、皮膚等。動物長相各異，即使是同一種動物，雌雄變化也很明顯，比如獅子。不同種類的動物，長相變化就更加大了，比如小豬和小兔差別就很大。

小豬的長相

小貓的長相

小兔的長相

小狗的長相

體型

動物的外表特徵（形狀），往往帶有主觀測量的意味。體型指身體的胖瘦、高矮和各部分之間的比例，比如有的動物肚子大，有的動物腿粗，有的動物脖子長等。

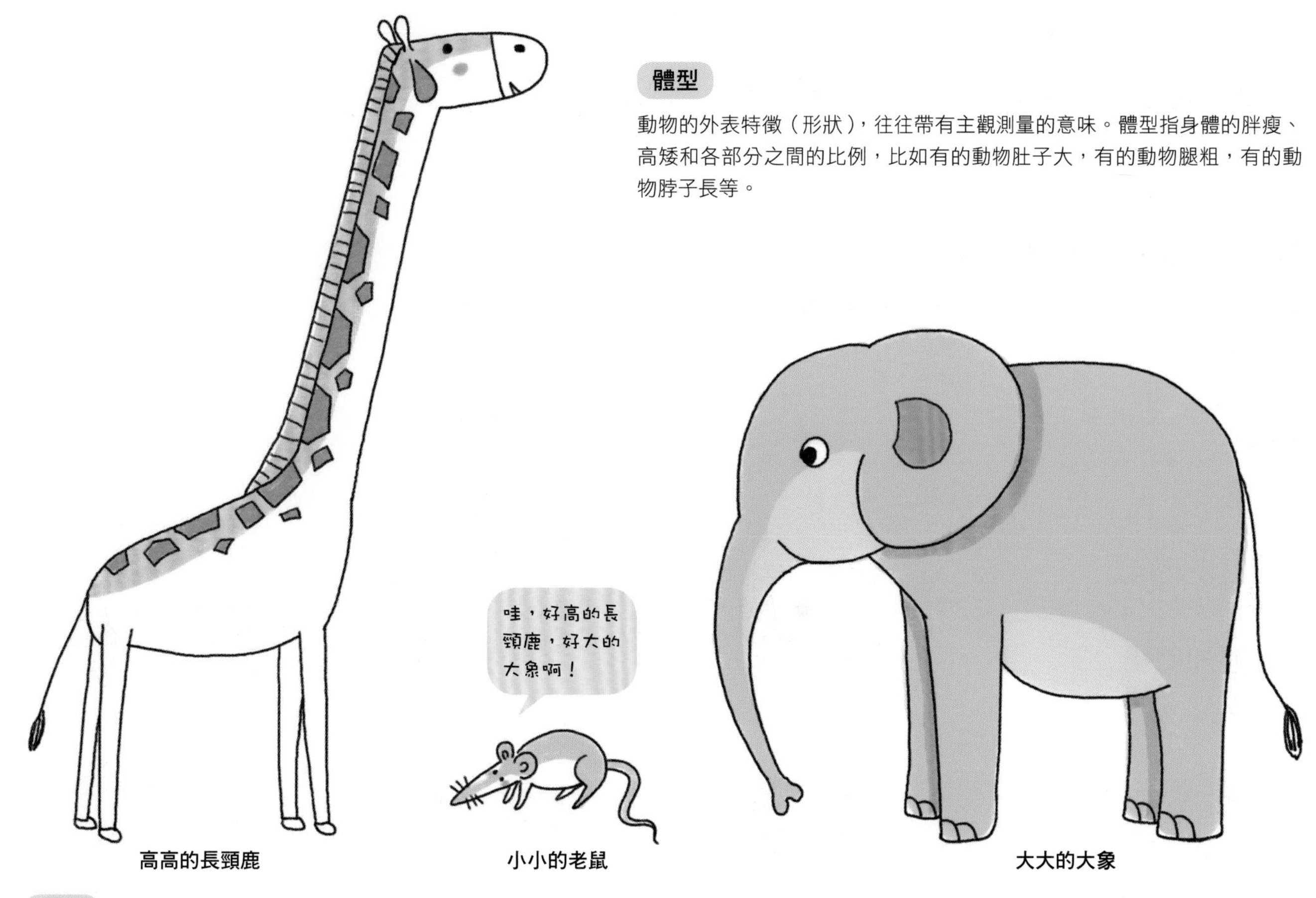

高高的長頸鹿　　小小的老鼠　　大大的大象

體態

體態指身體的姿勢、形態，在這裡指動物的行為動作，如日常生活中的站、坐、走的姿態等。

貓的站姿

貓的睡姿

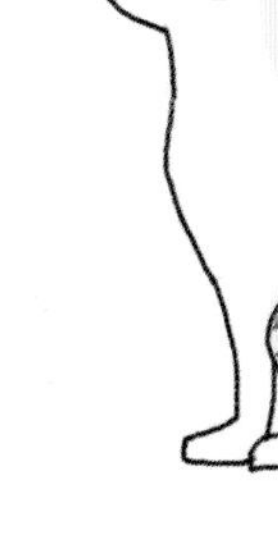

貓的坐姿

2.2　嘗試畫出所觀察的對象

我們分別從動物的表情、長相、體型和體態這四個角度進行觀察，得到詳細的資料後，結合上一小節的幾何造型就可以嘗試將牠們畫出來了。

表情篇

主圖中貓的表情比較木訥，來，我們把牠逗笑吧！看，這不笑了嗎！

● 我叫加肥貓

長相篇

如果你想嘗試另外一種造型，那就大膽地給這隻貓整整形，讓牠長相大變。仔細看，眼睛、鼻子還有臉型是不是都變了呢？你喜歡整形後的貓嗎？

幾何造型篇

上一節我們學到了幾何圖形歸納，從圖中我們能看出貓的幾何基本構造。

體型篇

雖說胖胖的貓更招人喜歡，這回為自己活一次，給自己瘦瘦身，做一隻苗條的貓！

體態篇

坐久了也會累的，這是我最喜歡的線團遊戲，一起來運動運動吧！

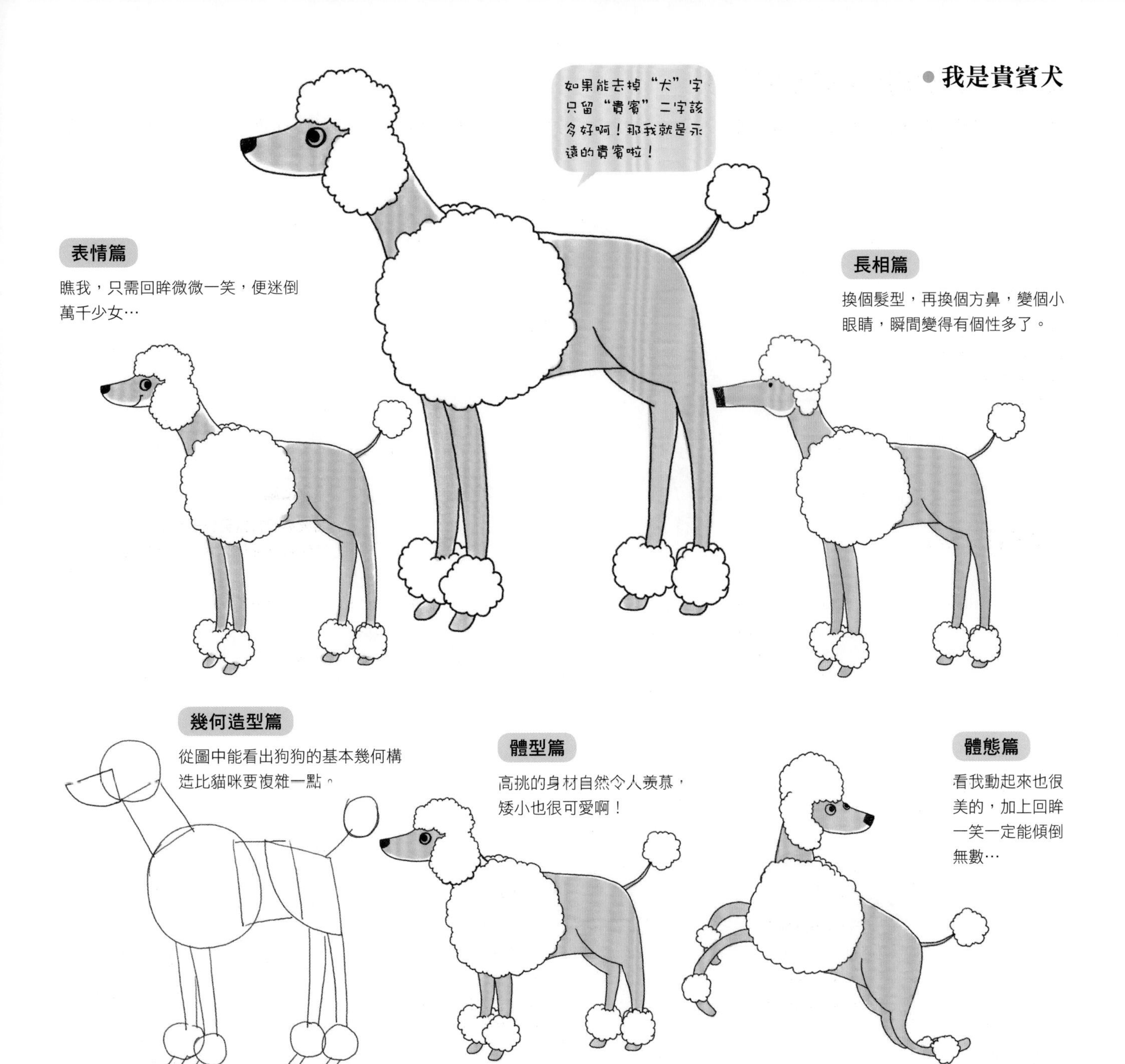
我是貴賓犬
如果能去掉“犬”字只留“貴賓”二字該多好啊！那我就是永遠的貴賓啦！
表情篇
瞧我，只需回眸微微一笑，便迷倒萬千少女…
長相篇
換個髮型，再換個方鼻，變個小眼睛，瞬間變得有個性多了。
幾何造型篇
從圖中能看出狗狗的基本幾何構造比貓咪要複雜一點。
體型篇
高挑的身材自然令人羨慕，矮小也很可愛啊！
體態篇
看我動起來也很美的，加上回眸一笑一定能傾倒無數…

3 捕捉動態，描繪動作

畫動物速寫最好知道牠們的骨架特點和運動規律，例如狗的奔跑，牠們的跑與走都有明顯的規律，只要抓住了這種規律，掌握腿部關節的特點，就能畫出牠們在運動時優美的姿勢。

3.1 狗的各種動態

狗是身邊最常見的一種動物，這就給了我們更多觀察牠們各種動態的可能。

給我拍個照片吧，看我轉頭凝視的樣子是不是很帥

肚子好餓，都快等不及了，趕緊給我來些點心充饑吧

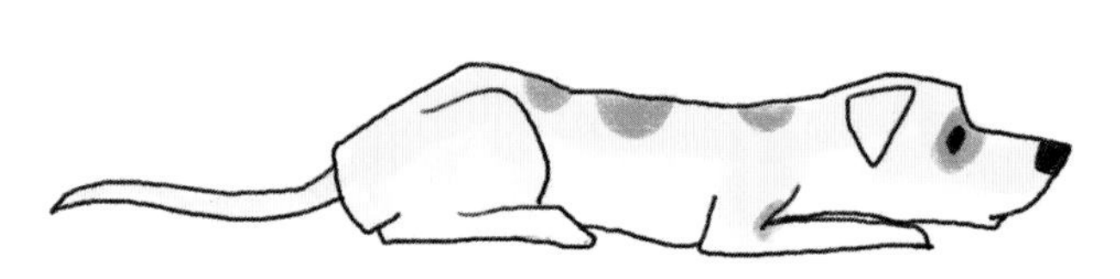

我好像聞到了什麼味道，有動靜？隨我一起匍匐前進去看個究竟

謝謝你的美食，
我們來握個手

狗狗在狂奔，速度真快啊

狗狗的奔跑運動

狗狗的奔跑屬於前肢與後肢交換的步法。奔跑時身體呈流線型。著地時身體收縮，跳躍時身體舒展。身體的伸張和收縮比較明顯。在快速奔跑的過程中，四腳呈騰空的跳躍狀，四腳離地，身體起伏的弧度較大。

3.2 貓的各種動態

貓也是常見的一種動物，貓本身動態就很多，而且很多姿態都很優美。

我現在出去散步了

看到樹上有一個鳥窩，上邊還有幾隻小鳥呢，我坐在這裡抬頭看著，希望牠們能掉下來

等了一上午，脖子都酸了，好好地伸個懶腰

實在太睏，睡覺了

醒來一看，鳥窩還在，小鳥也還在

小貓捉蝴蝶

小貓的奔跑運動

貓的脊椎柔韌度很好，跑步時能最大限度地伸展和蜷縮身體，跑起來像彈簧一樣。每次後腳一蹬，脊椎一挺，就可以躍出很遠的距離

4 動物的頭部

動物的頭部特徵不但體現了牠們的生活習性，也反映了脾氣性格。動物的靈性需要人們帶著情感的眼光去發現、去呵護。那麼，我們就從動物的頭部開始觀察和繪畫吧。

4.1 河豚

河豚的眼睛位於頭部兩側，雙眼無法正視，眼睛凹陷半露眼球，鰓很小看上去不明顯，鼻孔位於鼻囊突起的兩側，鼻囊突起不分叉。

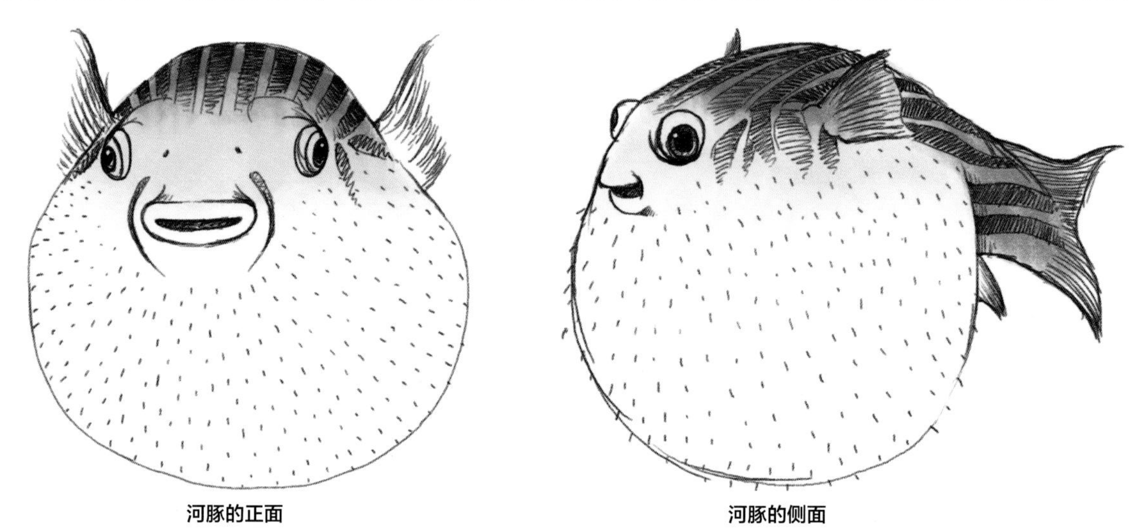

河豚的正面　　河豚的側面

4.2　青蛙

青蛙的頭上有兩隻圓而突出的眼睛，一張又寬又大的嘴。

青蛙頭部正面

青蛙頭部側面

4.3　松鼠

松鼠的眼睛很大，耳朵比較長，耳尖有一束毛。

松鼠頭部正面

松鼠頭部側面

4.4　相思鳥

紅嘴相思鳥，紅嘴巴就是牠的特點，另外額頭、頭頂的顏色為橄欖綠色配黃色。

相思鳥頭部正面

相思鳥頭部側面

4.5　梅花鹿

頭部略圓，面部較長，鼻端裸露，眼大而圓，眶下腺呈裂縫狀，淚窩明顯，耳長且直立。

梅花鹿頭部正面

梅花鹿頭部側面

我們一起畫出更多動物的頭部

頭部是區別不同動物的主要特徵之一，一定要多觀察、抓特點、找差異。動物畫得像不像關鍵就在頭部，所以我們應該從多種管道獲得不同種類動物的素材作為參考，多加進行頭部的繪畫練習。

小熊的頭

蠑螈的頭

鱷魚的頭

山羊的頭

翠鳥的頭

5 動物的尾巴

世界上大約生活著 150 多萬種動物，其中很多動物都長有一條尾巴，尾巴的形狀各異，瞭解各種類型的動物尾巴的形狀和作用對我們的繪畫和創作大有益處。

——有誰露出了尾巴？

5.1 鯉魚的尾巴

鯉魚尾巴最基本的作用是推動身體前進、控制游動方向以及和胸鰭一起達到維持平衡的作用。

鯉魚彩色稿

鯉魚的尾鰭泛著橙紅色，這是比較明顯的特點。

5.2 大冠蠑螈的尾巴

大冠蠑螈的尾巴能上能下，通過不斷彎曲擺動而游泳，而且斷尾還能再生哦。

大冠蠑螈幼仔彩色稿

大冠蠑螈幼仔的尾巴上有大小不一的黑斑紋。

5.3 變色龍的尾巴

變色龍的尾巴能夠幫助身體保持平衡，尾巴比較長，能蜷曲，能纏繞樹枝，更神奇的是能隨著外界環境變色哦！

變色龍彩色稿

變色龍的尾巴也能隨著背景、溫度和心情的變化而改變。

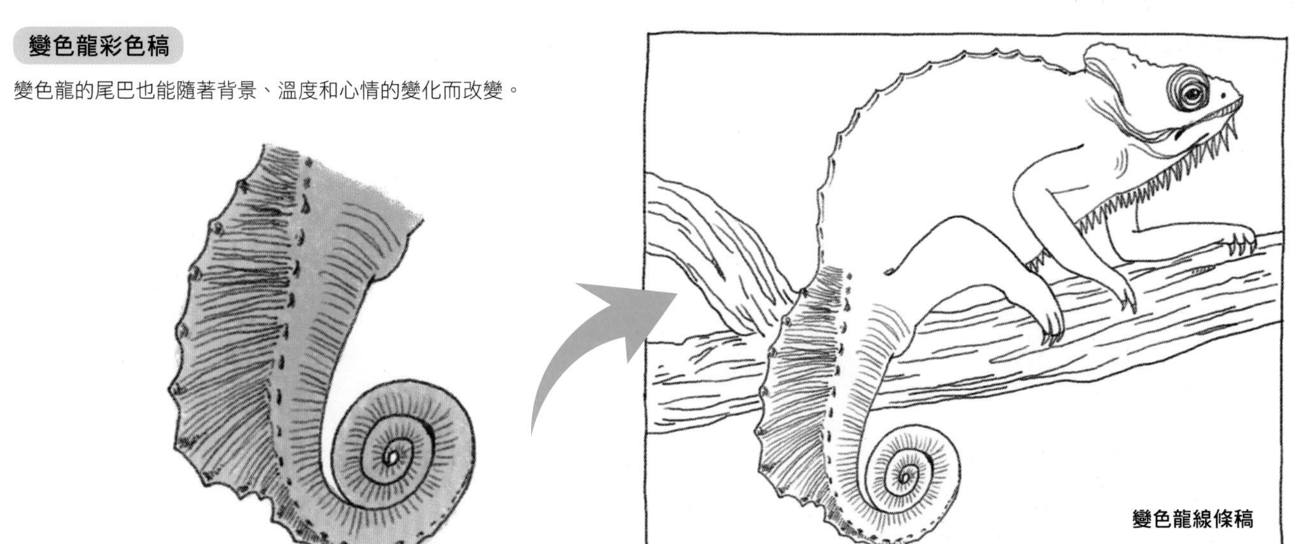

5.4 紅腹錦雞的尾巴

華麗的羽毛是為了尋找伴侶，遇到喜歡的雌鳥時，紅腹錦雞的尾巴也會隨著傾斜過來，使美麗的尾羽和尾上的覆羽顯得十分明亮。

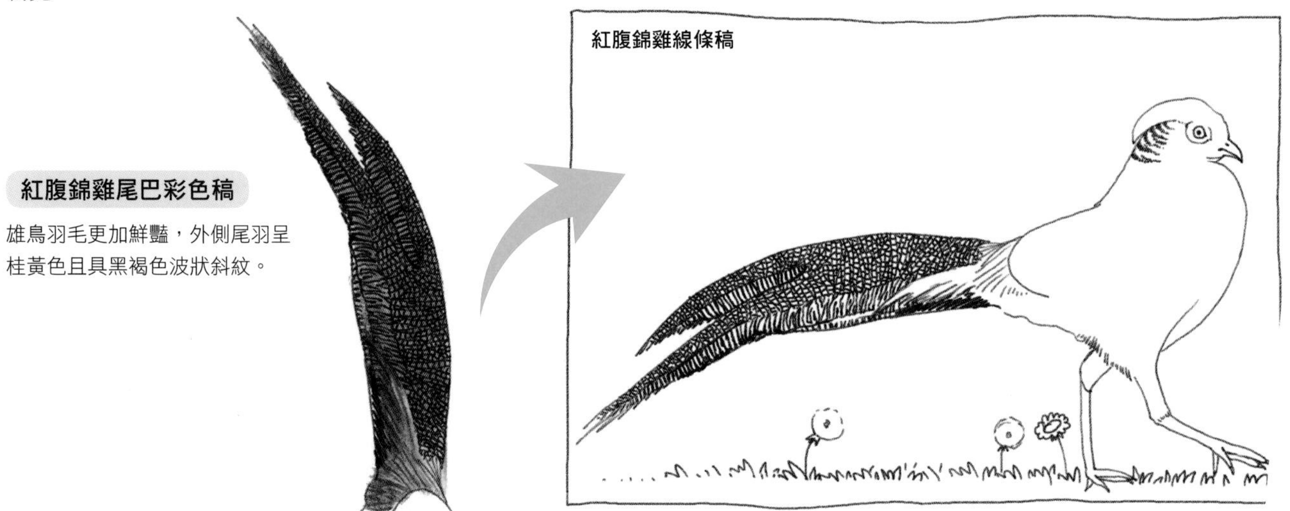

紅腹錦雞尾巴彩色稿

雄鳥羽毛更加鮮豔，外側尾羽呈桂黃色且具黑褐色波狀斜紋。

5.5 老虎的尾巴

老虎的尾巴可以在奔跑、跳躍、打鬥和捕食時幫助身體保持平衡，還可以作為打擊敵人的武器，所以，老虎尾巴可不能隨便摸，小心被抽到。

老虎尾巴彩色稿

尾巴又粗又長，並有黑色環紋環繞，尾尖通常是黑色的。

我們一起猜 每隻動物只露出牠們的尾巴，請你猜一猜牠是誰？

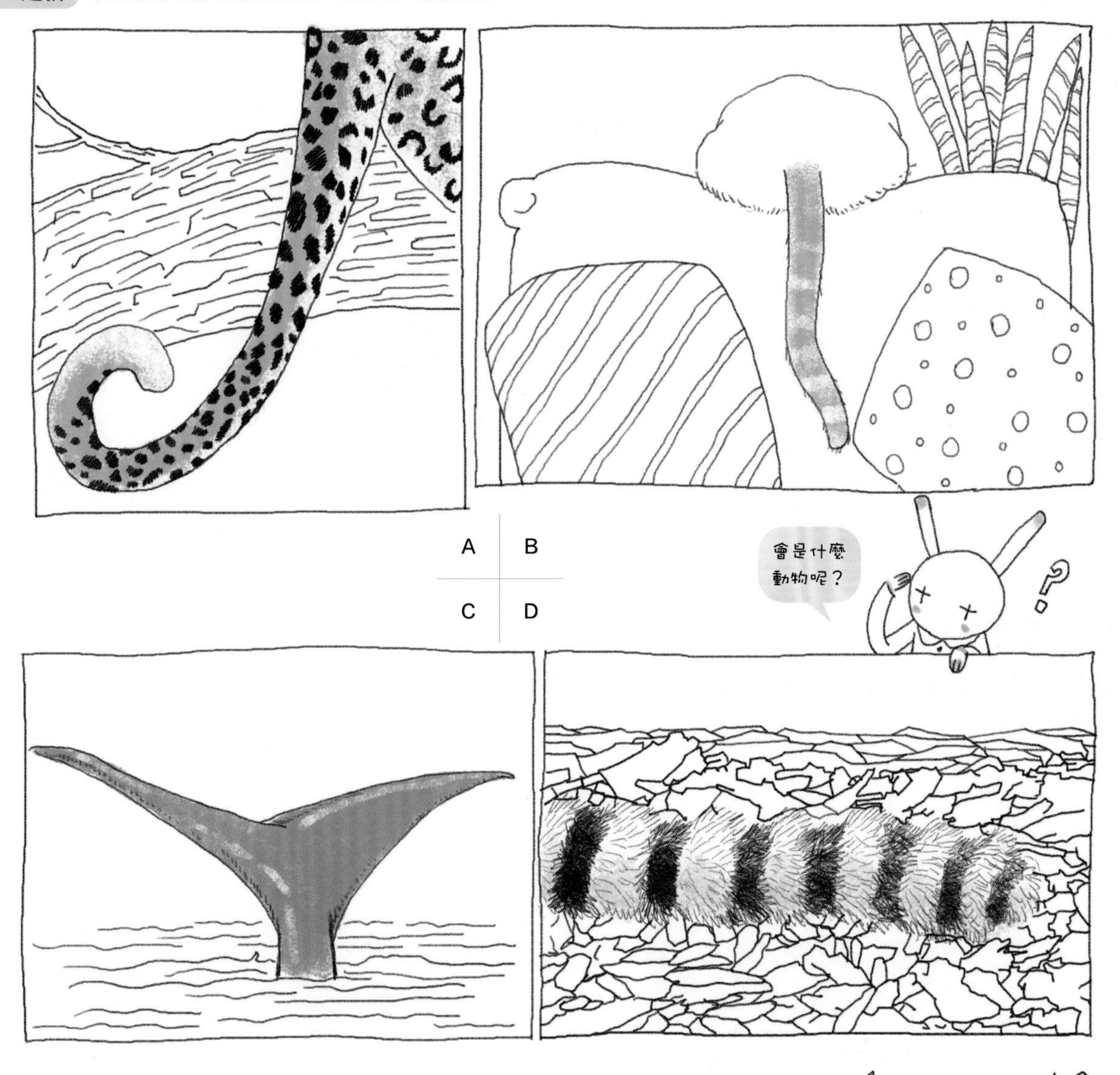

設定這麼一個猜題，也是在強化我們對動物尾巴的視覺印象，加強透過局部就能判斷出是什麼動物的能力。當我們對牠們的特徵熟記於心，那麼在畫的時候就能畫得更像了。

答案：A. 獵豹　B. 貓　C. 鯨魚　D. 環尾狐猴

6 繪製動物的結構概括法

結構概括以線條為主要表現手段，以理解和表達物體自身的結構本質為目的。這種表現方法相對比較理性，可以忽視物件的光影、質感、體量和明暗等外在因素。

6.1 幾何形體結構概括法

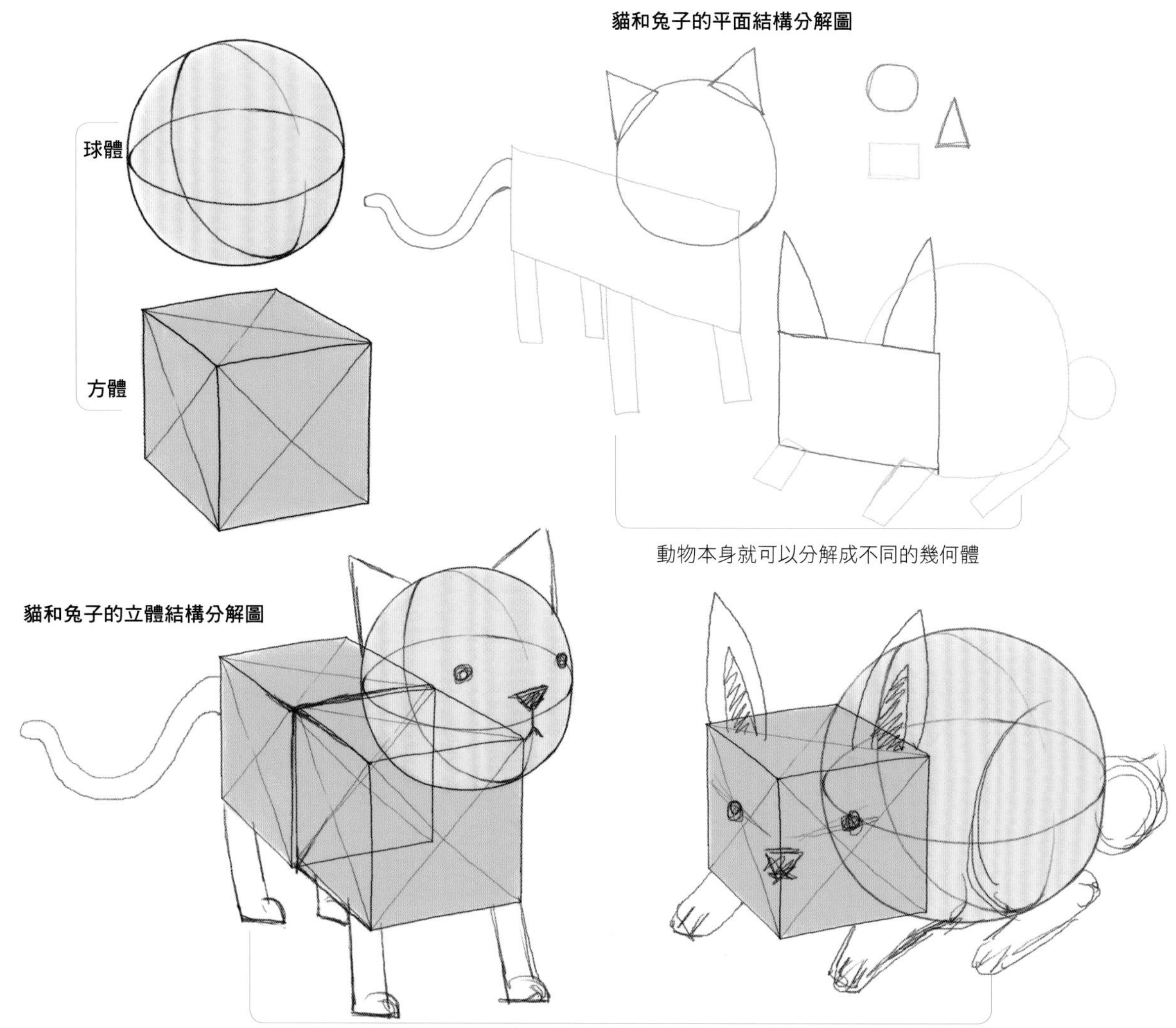

我們發現動物本身就可以概括成球體和方體

平面幾何結構表達法

動物的頭部由不同的幾何圖形來概括

球體結構表達法

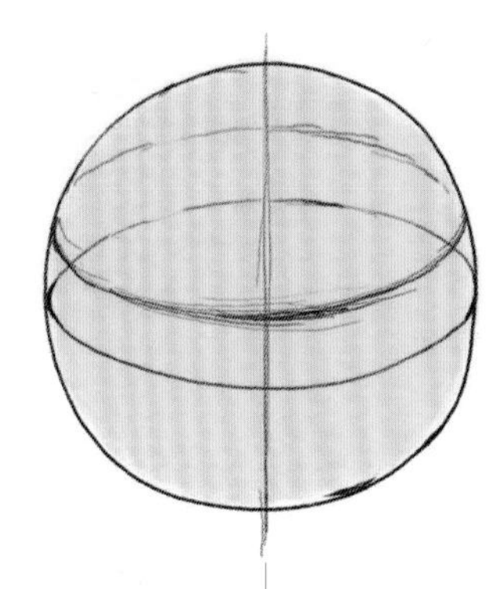

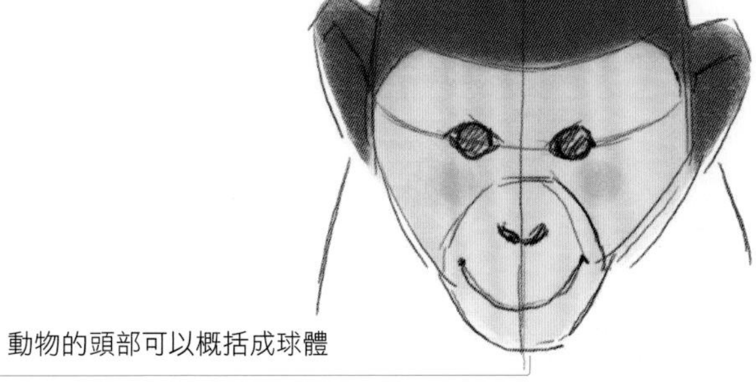

動物的頭部可以概括成球體

方體結構表達法

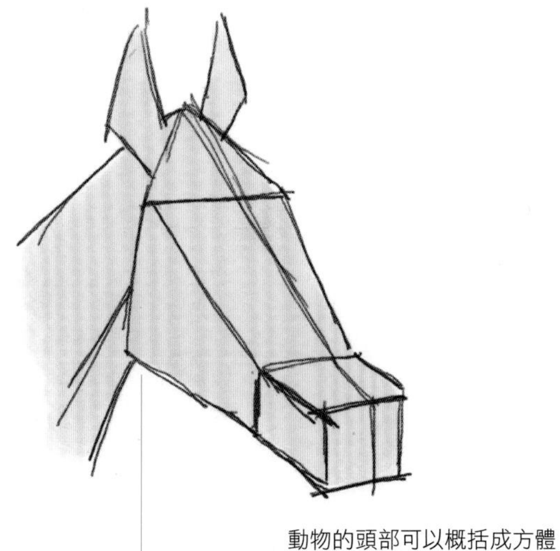

動物的頭部可以概括成方體

6.2 動物的結構表現

靜態結構圖

相對於變化多端且複雜的動態結構，動物的靜態結構更容易把握一些，可以先用平面幾何圖形進行概括，在這個基礎上再進行結構立體繪製。

狗狗的不同靜態結構

動態結構圖

動態結構不是很好把握，可以先用平面幾何圖形去概括，然後在這個基礎上再進行結構立體繪製。

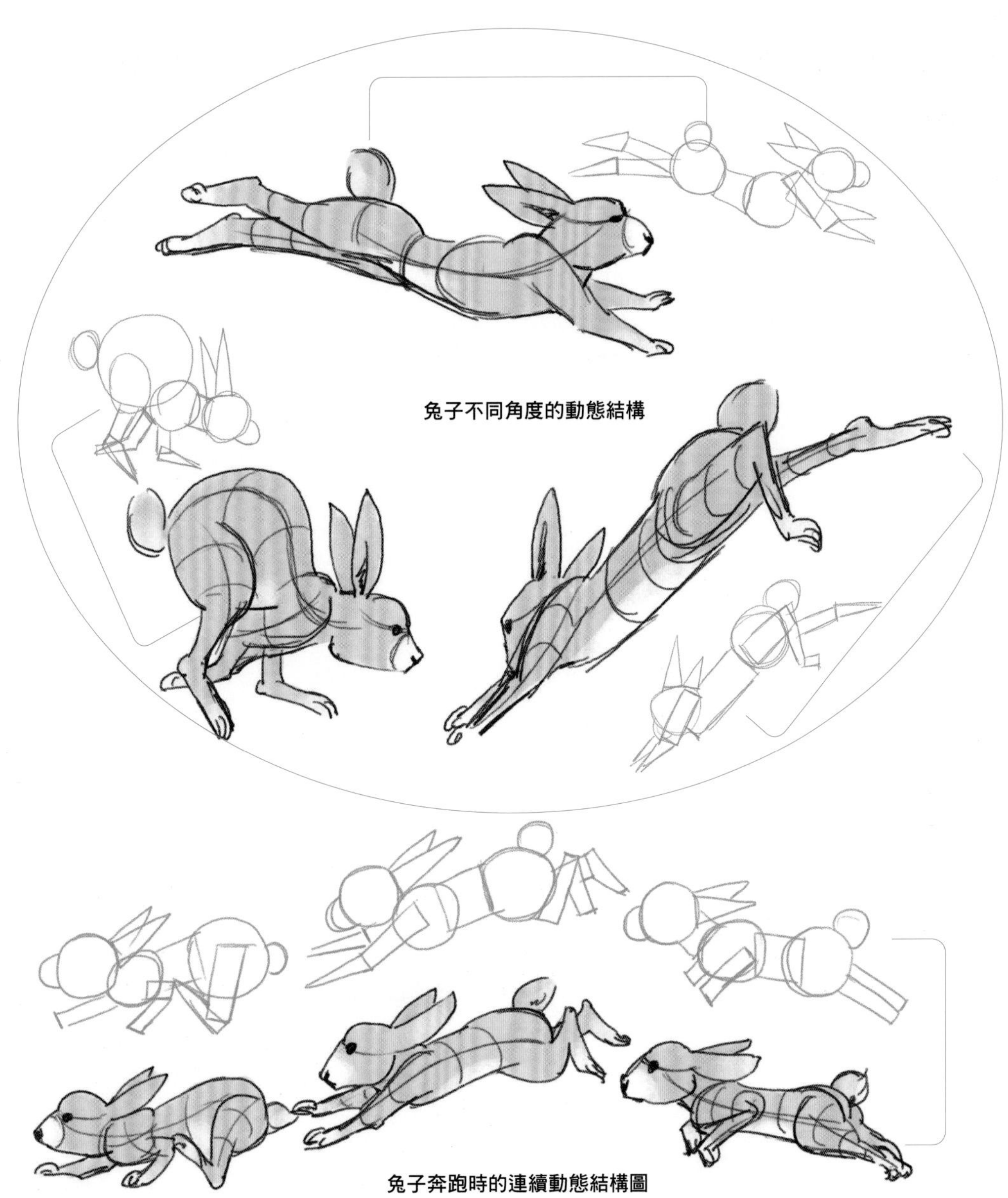

兔子奔跑時的連續動態結構圖

7 從不同角度畫出動物

同一個動物，從不同的角度看，形狀形態都會發生不同的變化。如何畫出種種角度變化後的形態、形狀和特徵，是我們在繪製插畫時經常遇到的問題。

7.1 動物頭部的不同角度表現

動物頭部的不同角度平面示意圖

透過人物頭部的九個角度，可延伸出任意動物頭部的九個角度。下面以豬為例，我們來理解頭部不同角度的平面變化。

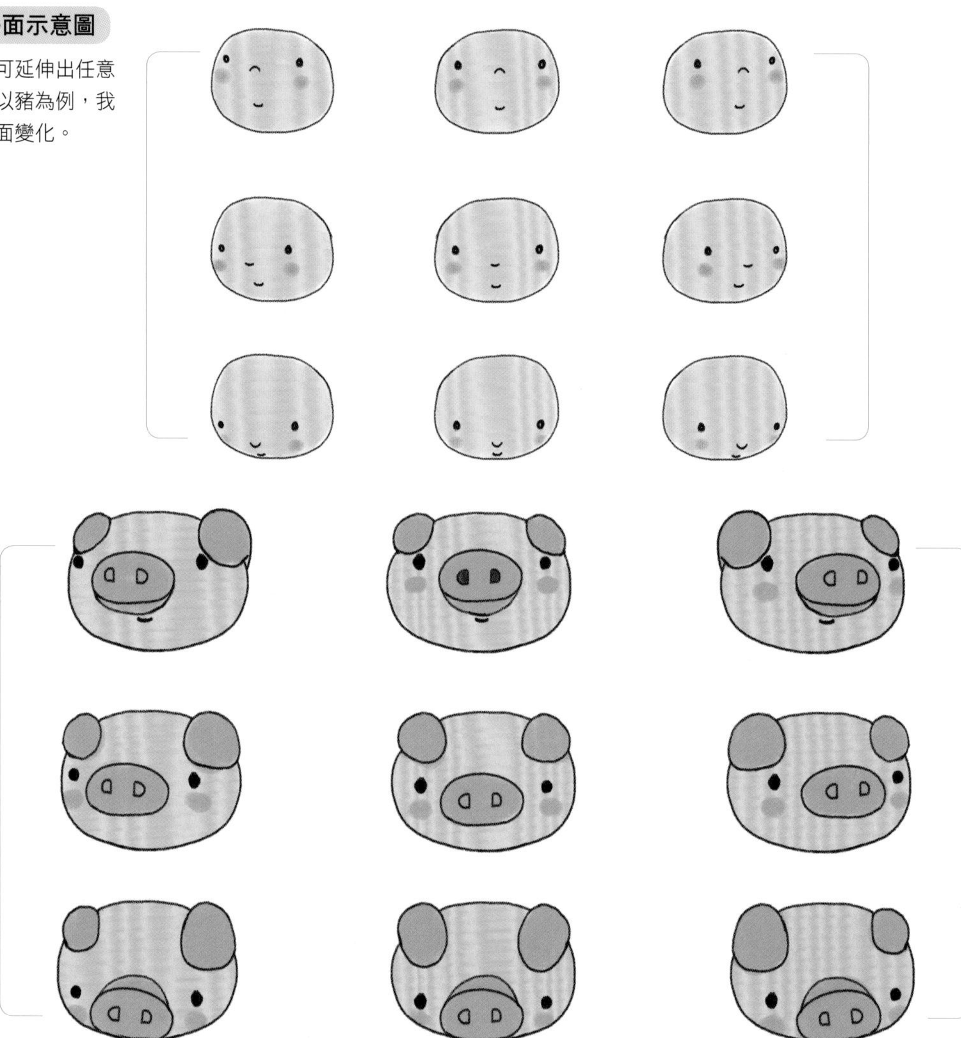

動物頭部的不同角度立體示意圖

下面我們透過立體幾何透視圖和小熊的頭部透視圖進行對比，掌握動物頭部的透視規律。

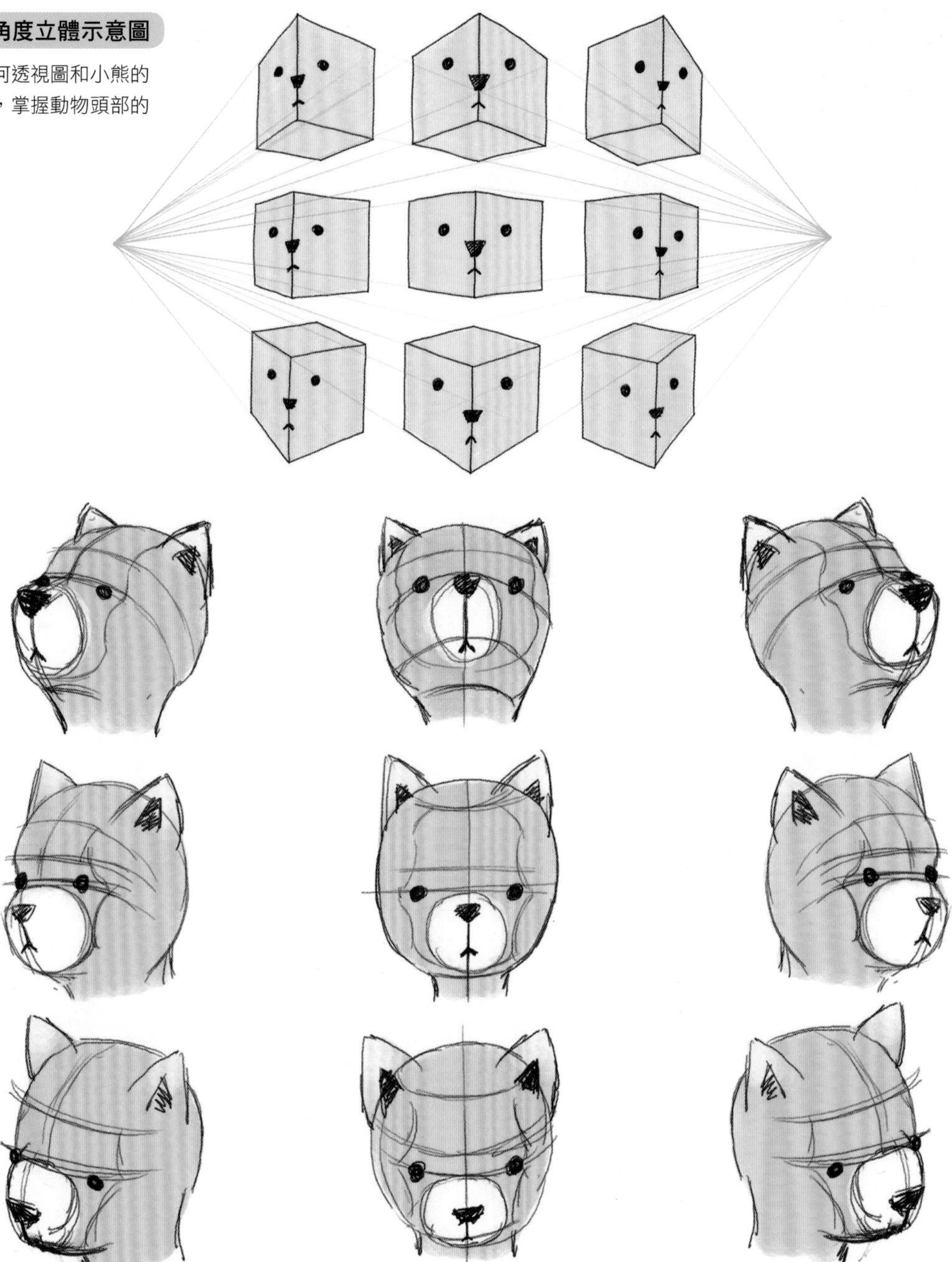

7.2 動物全身的角度表現

畫全身動物時，必須有一個立體的概念，我們可以用立體圖形來檢查透視是否正確。尤其一些角度很難畫，有時甚至根本看不到，這個時候除了借用結構概括法，也需要掌握透視法。

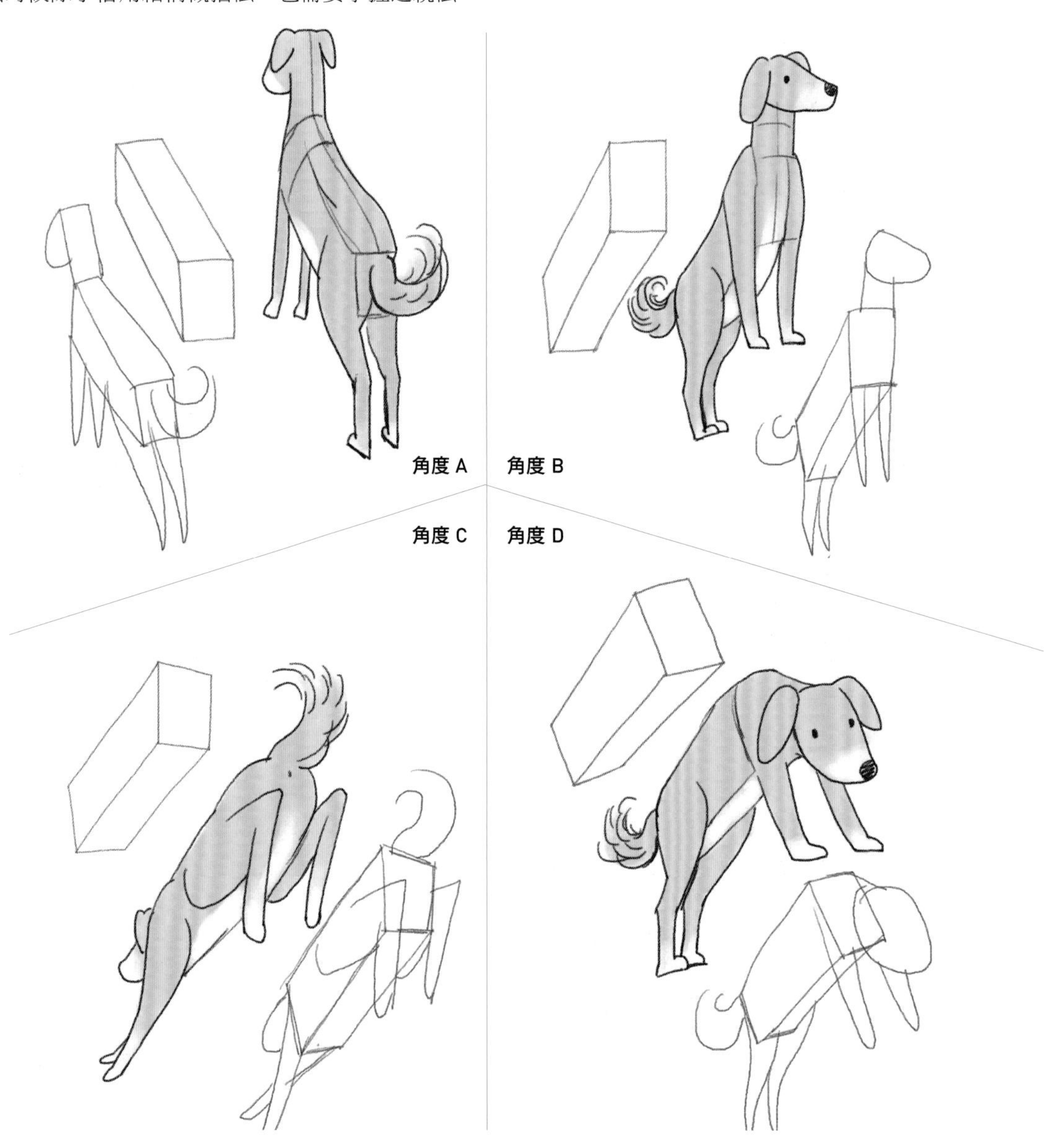

7.3　不同動物的不同角度表現

結構概括法和透視法的掌握，為我們繪製動物打下了良好的基礎。以下不同角度的動物圖就是這樣，畫的時候也要將透視變化考慮進去。只有符合基本的透視規律，繪製出的圖畫讓人看起來才會賞心悅目。

專題

創作前大熱身——速寫身邊的小動物

從動物速寫，我們能夠直觀地瞭解動物的形體特徵，培養觀察能力和表現能力。來，給自己周圍熟悉的動物畫畫速寫吧！

小貓速寫

先藉助幾何圖形定位好頭部和胸部

在初稿基礎上修正成型，加點環境元素進去

畫出貓的固有色和固有花紋，這幅速寫就完成了

黃鸝速寫

用點定位出頭部和身體的兩個點，用兩個圓圈出頭和身子，然後再畫出鳥的輪廓

在初稿的基礎上修正輪廓，加上樹枝

畫出黃鸝身體每個部位的固有色，速寫就完成了

小狗速寫

定位動態，畫出狗狗的基本外形

進一步對輪廓進行修正，完善細節

最後根據狗狗身上的顏色和斑紋著色

畫得“很像”並不意味著追求照片一樣的超寫實效果，而是注重所繪出的感覺。首先抓住動物的主要特徵，在此基礎上再進行塑造。這一章節分別以小丑魚、河豚、蜻蜓、蚱蜢、變色龍、棕熊、浣熊、金絲猴、鴕鳥、七彩文鳥為例進行深入講解。

Chapter 4

你也可以畫得很像

1 一起遨遊神秘的海洋世界

海洋魚類成千上萬種，今天我們就跟隨小丑魚和河豚一起遨遊神秘的海底世界吧！

小丑魚

小丑魚其實不醜，是因為面部有一條或兩條白色條紋，好似京劇中的丑角，所以俗稱“小丑魚”。
小丑魚體長最長可達 11cm，背鰭總數為 10 ～ 12，背鰭軟條總數為 4 ～ 16，臀鰭總數為 2，臀鰭軟條總數為 14 ～ 15。小丑魚並不是惟一雌雄同體的動物，但牠們是為數不多的雄性可變成雌性，但雌性無法變成雄性的物種。

畫前小提示

上圖是用排線手法繪製的，尤其在魚鰭、魚尾以及結構轉折的地方儘量順著結構排線，即順著物體的生長方向來繪製，這樣排線能做到事半功倍，效果也容易表現出來

使用顏色

橘黃
檸檬黃
橘紅
深紅
黑

知識要點：
我們看到一種動物的時候，一般都能從動物身上找出固有顏色。快速找準顏色對著色很有幫助。

從線稿開始

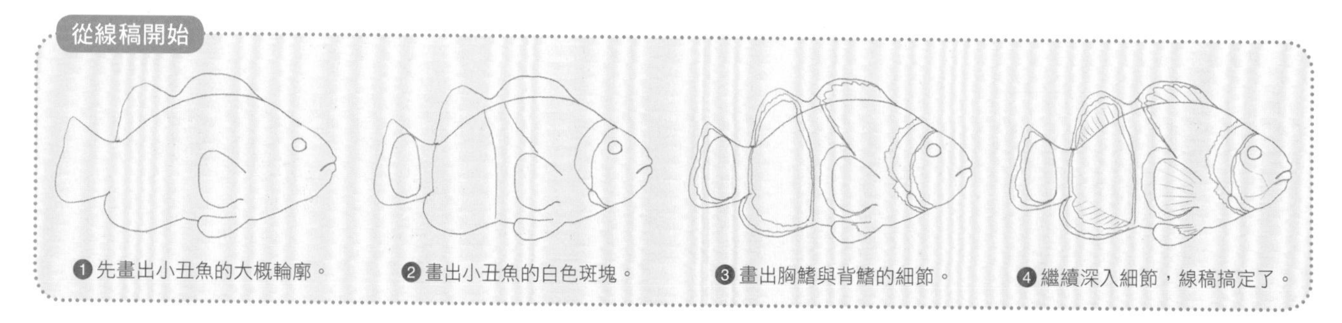

❶ 先畫出小丑魚的大概輪廓。
❷ 畫出小丑魚的白色斑塊。
❸ 畫出胸鰭與背鰭的細節。
❹ 繼續深入細節，線稿搞定了。

上色步驟

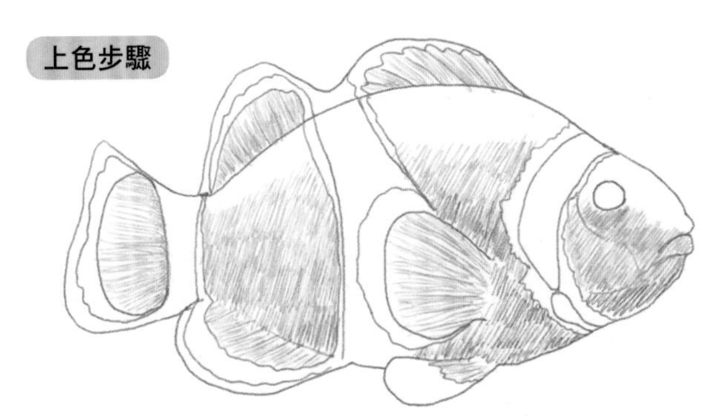

1 先將小丑魚身體上的固有色大致畫一遍，表現出基本的色彩關係。

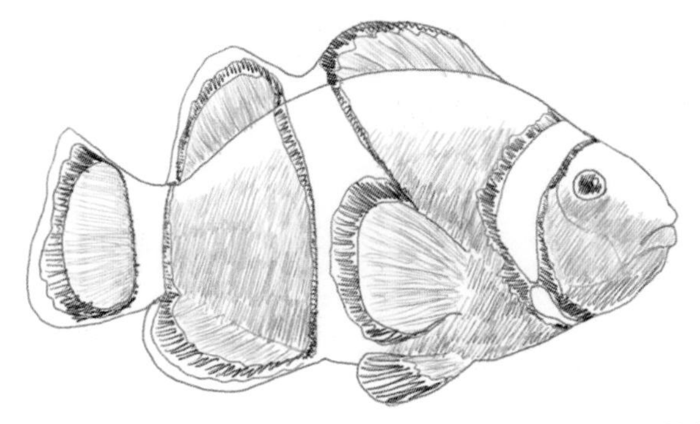

2 把小丑魚魚鰭的黑色塗出來，除眼睛保留高光外其餘都塗黑。

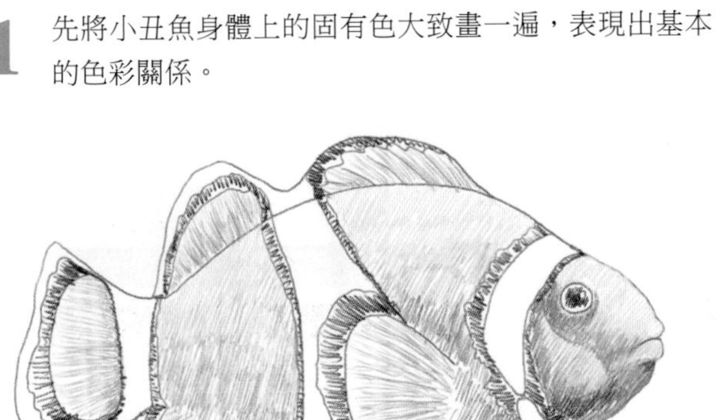

3 確定好大致色彩關係後，我們進行逐步深入著色，先從頭部開始。

4 接著填塗身體部分的顏色，第一遍上色就完成了。

5 接下來繼續從頭部畫起，深入著色，將該重色的地方加重。

6 然後深入表現魚的胸部，將胸鰭處的黑色加重。

7 強化軟背鰭鰭條。

8 第二遍深入塗色完成。

畫魚鰭的小技巧

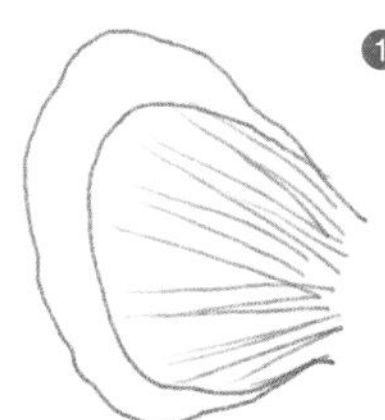

❶ 畫出魚鰭的外形，注意脈絡要順結構勾勒。

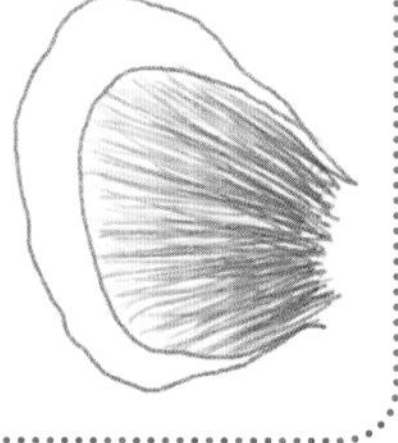

❷ 上色也順結構走，顏色從淺到深。

9 以此類推，再進行第三遍深入塗色，把需要強化的地方再強調一遍，比如眼睛。

眼睛這部分是需要精細刻畫的，在色彩上加入了環境色，這樣眼睛顯得更有體量感

註解

這幅畫採用的是漸進式反複深入的畫法，一遍一遍往下畫，這樣容易把握畫面整體。

完成

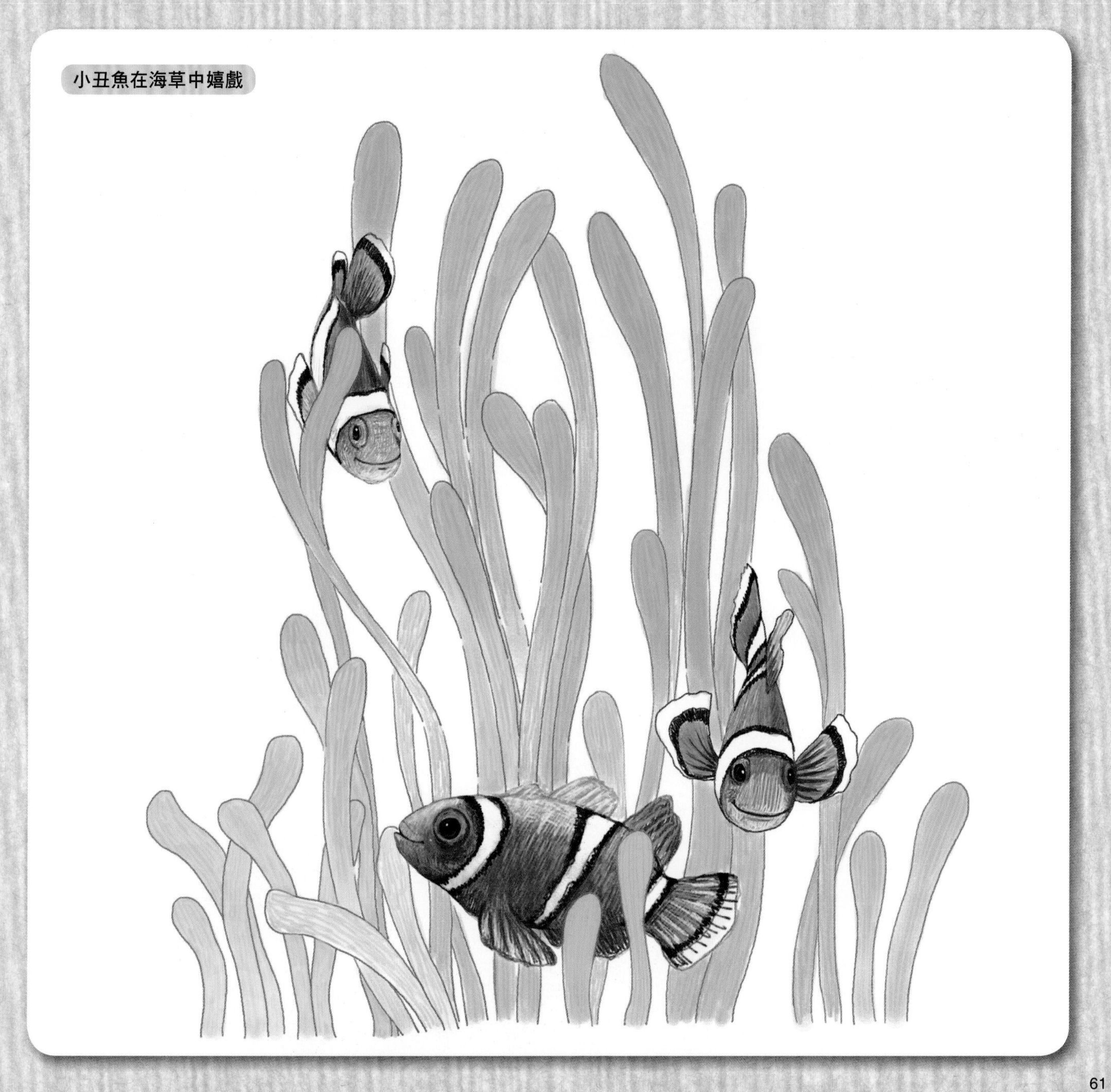
小丑魚在海草中嬉戲

河豚

河豚，學名河魨，古名肺魚，俗稱氣鼓魚、氣泡魚、吹肚魚等，一般泛指魨形目中東方魨屬的魚類。我們看河豚的別稱就知道，大肚子是河豚的特徵之一。河豚肚子大的原因是因為河豚胃的一部分形成特殊的袋狀，可吸入水和空氣，加上無肋骨的約束和皮膚的強收縮性，因而能使腹部膨脹。

畫前小提示

使用顏色

紫

檸檬黃

大紅

湖藍

黑

知識要點：

我們這裡說的畫“像”並不是追求一模一樣，而是將特徵特點畫出來。我們希望的是在儘量栩栩如生的基礎上再多一些生動，比如顏色、表情等。

顏色很關鍵，如何讓不同色彩協調地融合在一起？如何畫出很炫的顏色？這裡涉及選色以及如何用色的問題

從線稿開始

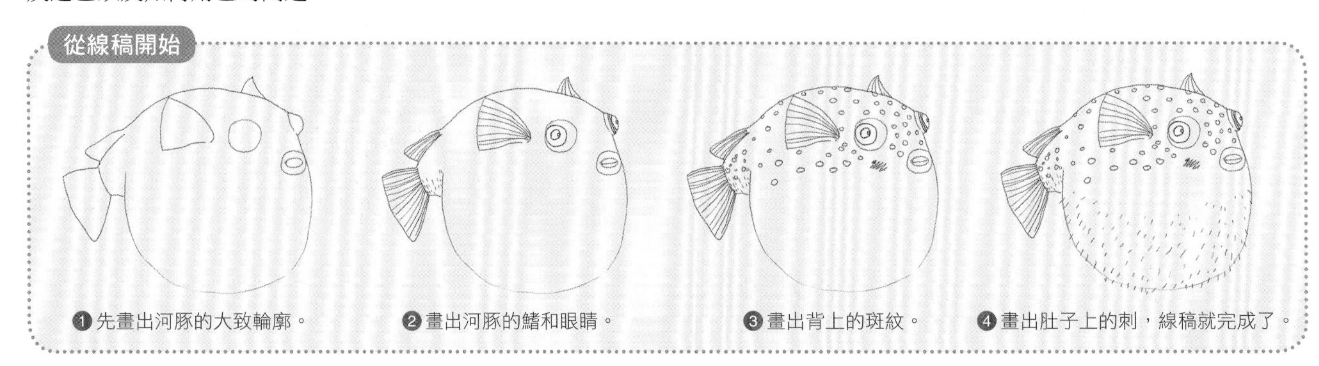

❶ 先畫出河豚的大致輪廓。

❷ 畫出河豚的鰭和眼睛。

❸ 畫出背上的斑紋。

❹ 畫出肚子上的刺，線稿就完成了。

上色步驟

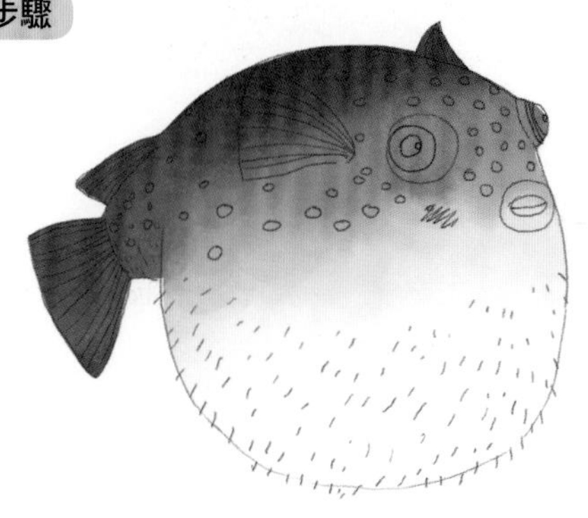

註解

所謂鄰近色，就是在色相表上相鄰的顏色，例如綠色和藍色，紅色和黃色。鄰近色之間往往是“你中有我，我中有你”。

1 選擇幾種鄰近色表現出基本的色彩關係。

2 繼續深入暈染身體上的色彩，然後把眼睛的重色畫出來。

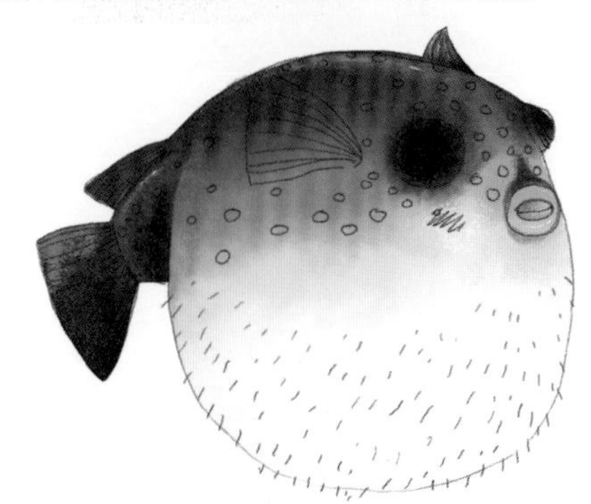

3 表現出尾巴的基本色彩和明暗關係。

4 進一步塑造側面的眼睛和魚尾巴。

5 對正視畫面的眼睛進行深入塑造。

河豚的眼球外凸，所以需要畫出它的立體感，這樣才有外凸的感覺

6 對畫面前方的魚鰭進行深入塑造。

7 將背上的白斑紋畫出來。

這幅畫，採用整體染色，再局部深入的畫法完成。

漸變選色小技巧

根據色相表按一個方向選擇鄰近色，比如河豚的顏色漸變就是紫藍綠黃，以這樣的形式漸變的色彩乾淨，如果用補色做漸變色看上去會很髒。

8 完善肚子上的刺。

9 為了讓河豚顯得更加可愛，在臉上添上紅暈，最後再修飾一下細節就完成了。

完成

河豚戲水

2 田園小清新

走在鄉間小道上，欣賞著田園風光，是一件很愜意的事情，蝴蝶、蜻蜓、蟋蟀、蚱蜢總是能勾起我們美好的童年回憶。

紅蜻蜓

蜻蜓，無脊椎動物，節肢動物門，昆蟲綱，蜻蜓目。一般體型較大，翅長而窄，膜質，網狀翅脈極為清晰。視覺極為靈敏，單眼三個;觸角一對，細而較短;咀嚼式口器。腹部細長、扁形或呈圓筒形，末端有肛附器。足細而弱，上有鉤刺，可在空中飛行時捕捉害蟲。

使用顏色

檸檬黃

天藍

大紅

藍綠

黑

畫前小提示

蜻蜓本身結構分明，層次感強，我們在繪畫時最好把握好先後順序，以及繪製重點和搭配。比如說蜻蜓的頭部和羽翼都很有特點，如果把牠的頭部和羽翼畫得很細緻就會顯得活靈活現，有一種寫實畫的感覺了！

知識要點：

蜻蜓的翅膀是透明的，如何畫出羽翼晶瑩剔透的感覺呢？後面的繪製蜻蜓翅膀小技巧中會提到。

從線稿開始

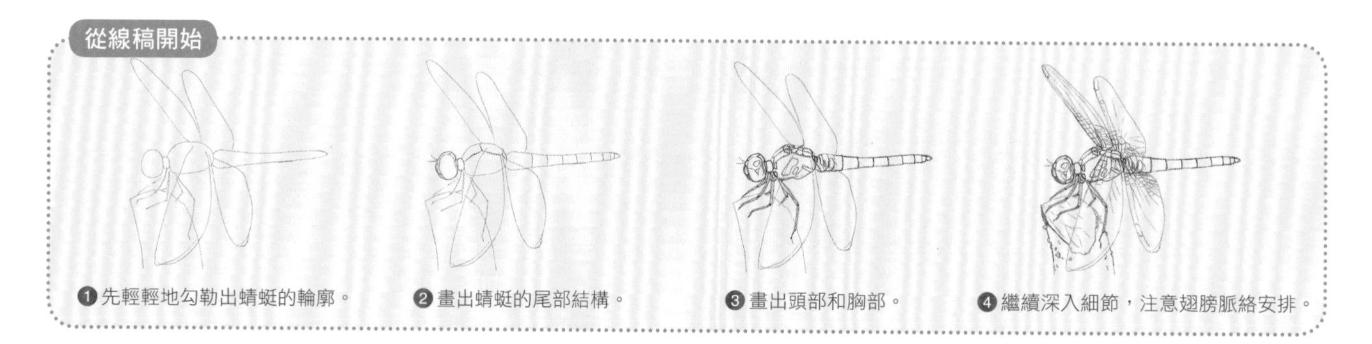

❶ 先輕輕地勾勒出蜻蜓的輪廓。

❷ 畫出蜻蜓的尾部結構。

❸ 畫出頭部和胸部。

❹ 繼續深入細節，注意翅膀脈絡安排。

上色步驟

1 先把蜻蜓的頭部、胸部和尾部用紅色鋪色，表現出大致的色彩關係。

2 把頭部、胸部和尾部需要加重的地方加重顏色。

3 用檸檬黃將腹部提亮。

4 給蜻蜓的足部上色。

5 給蜻蜓的翅膀上色。

繪製蜻蜓翅膀小技巧

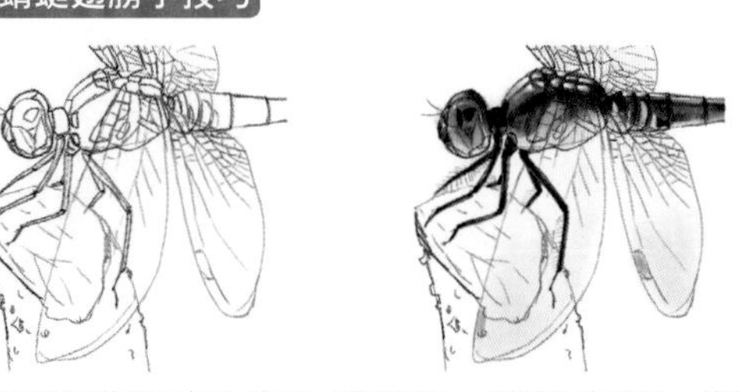

蜻蜓翅膀的網狀翅脈極為清晰，膜質透明，所以線條要細，使其顯得輕而薄，注意上色時不要用覆蓋性強的顏色，畫得薄一些、透一些即可。

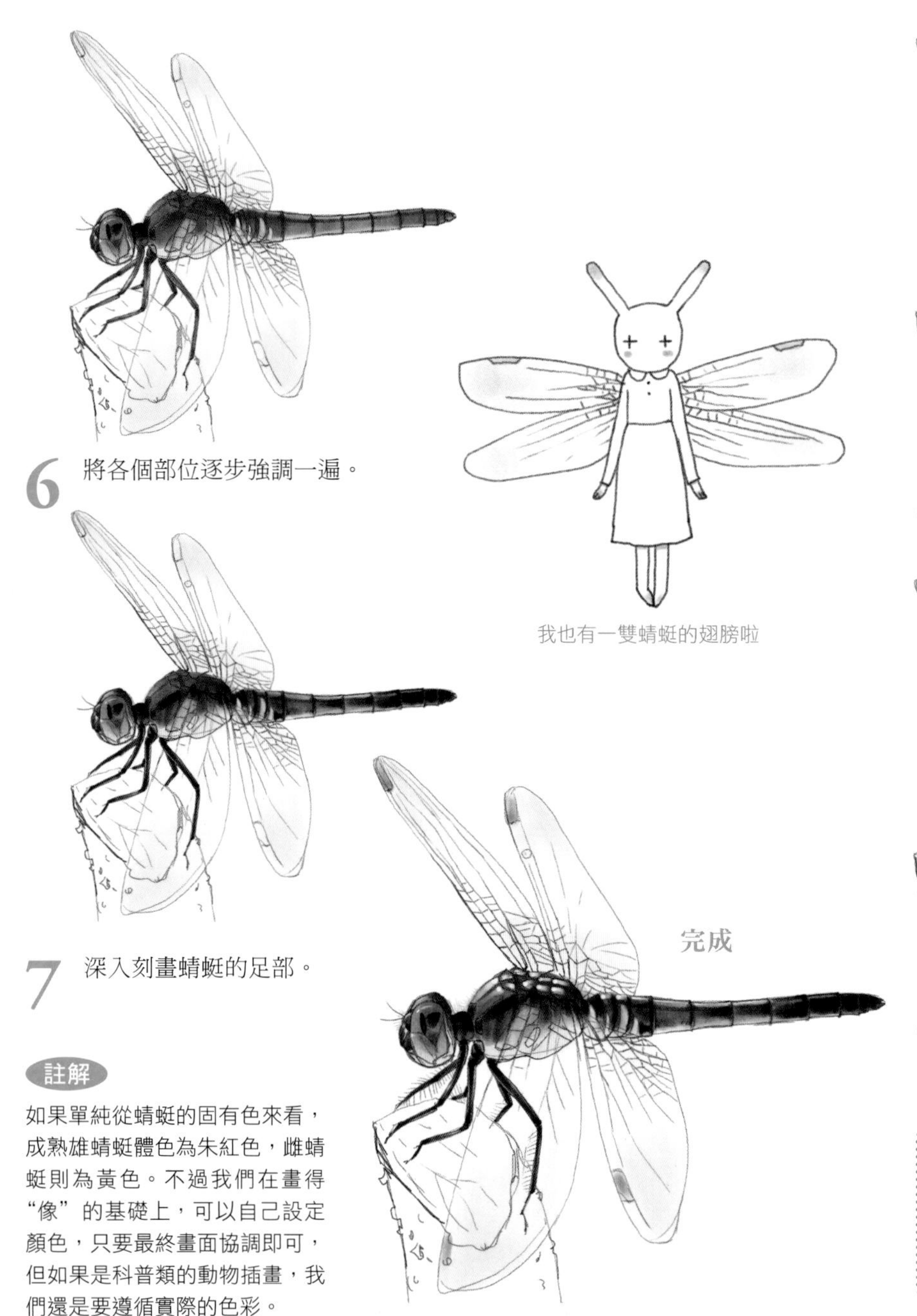

6 將各個部位逐步強調一遍。

我也有一雙蜻蜓的翅膀啦

7 深入刻畫蜻蜓的足部。

完成

註解

如果單純從蜻蜓的固有色來看，成熟雄蜻蜓體色為朱紅色，雌蜻蜓則為黃色。不過我們在畫得“像”的基礎上，可以自己設定顏色，只要最終畫面協調即可，但如果是科普類的動物插畫，我們還是要遵循實際的色彩。

8 需要強調的地方加重顏色。

9 為蜻蜓的背部加上高光。

紅蜻蜓　百科

紅蜻蜓是蜻蜓科赤蜻屬的總稱，有半黃赤蜻和夏赤蜻等約 21 種。這種蜻蜓雌性成蟲和未成熟的雄性都是黃色的，但是雄性在成熟過程中會慢慢“變色”，由黃色變成紅色。

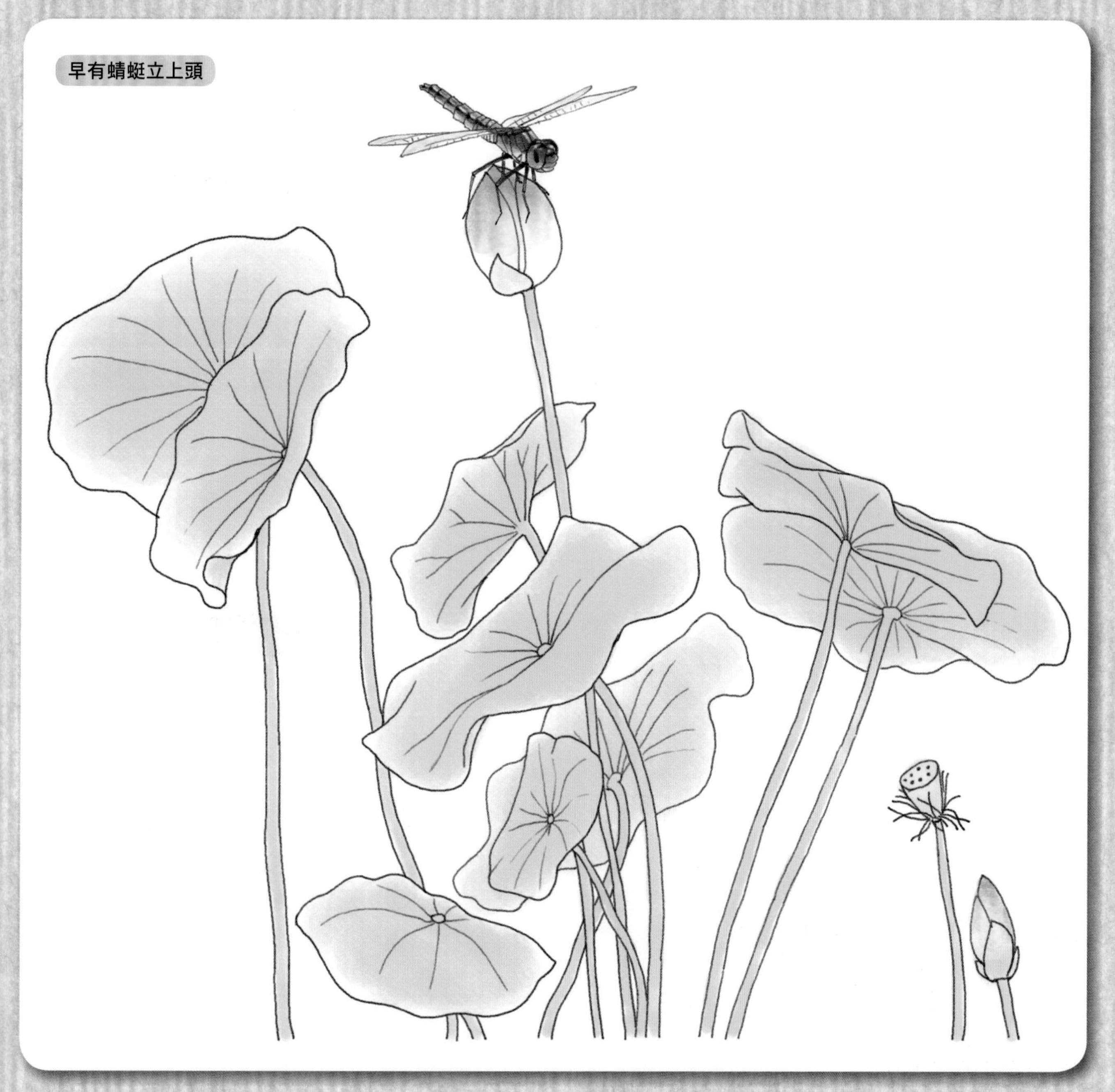
早有蜻蜓立上頭

蚱蜢

蝗蟲是蝗科，直翅目昆蟲。俗稱“蚱蜢”，種類很多，全世界超過 10000 種，分佈於全世界的熱帶、溫帶草地和沙漠地區。口器堅硬，前翅狹窄而堅韌，後翅寬大而柔軟，善於飛行，後肢很發達，善於跳躍。

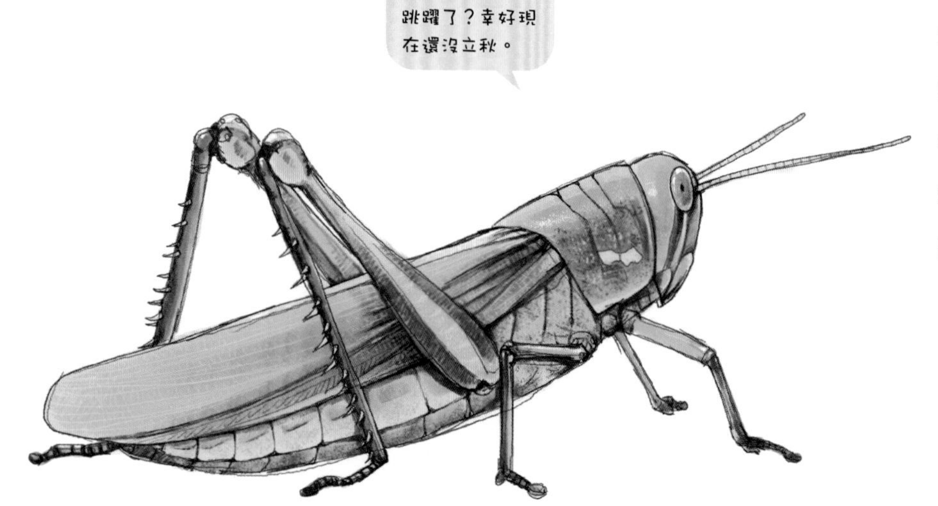

使用顏色

畫前小提示

畫蚱蜢有兩個難點：一是如何表現牠身上本身存在的顆粒感；二是如何呈現蚱蜢的腿部那種半透明的質感。

知識要點：

初看蚱蜢覺得牠結構簡單，實際有不少細節可以挖掘，比如翅膀上的紋路、身上的斑紋、腿上的刺等。

從線稿開始

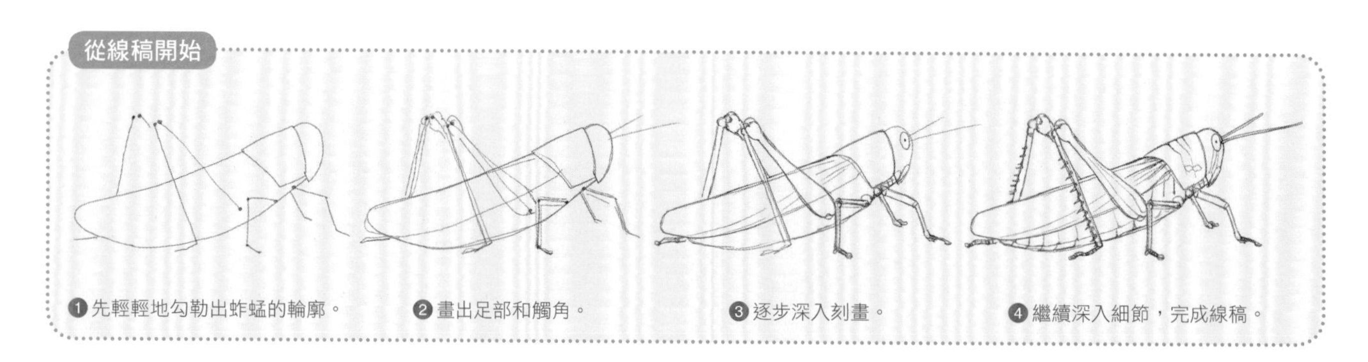

❶ 先輕輕地勾勒出蚱蜢的輪廓。

❷ 畫出足部和觸角。

❸ 逐步深入刻畫。

❹ 繼續深入細節，完成線稿。

上色步驟

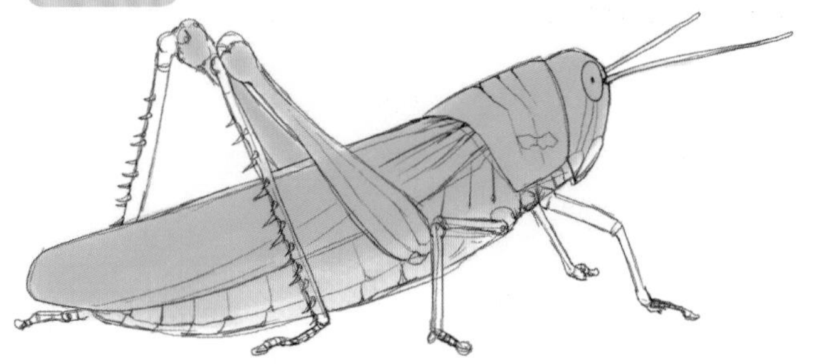

1 用淡綠色作為基調色。

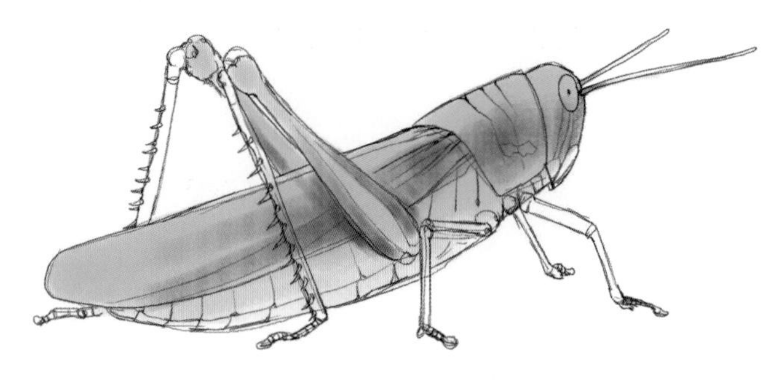

2 再用深綠色把身體需要加重的地方加重，這樣就有了大致的明暗關係。

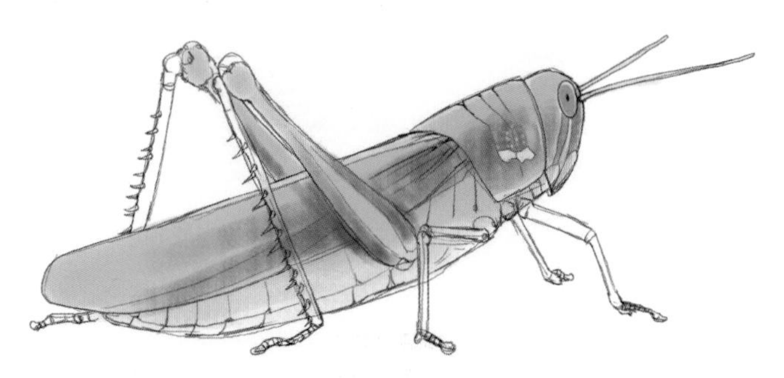

3 接下來從頭部開始塑造，畫出觸角、眼睛和其他細節。

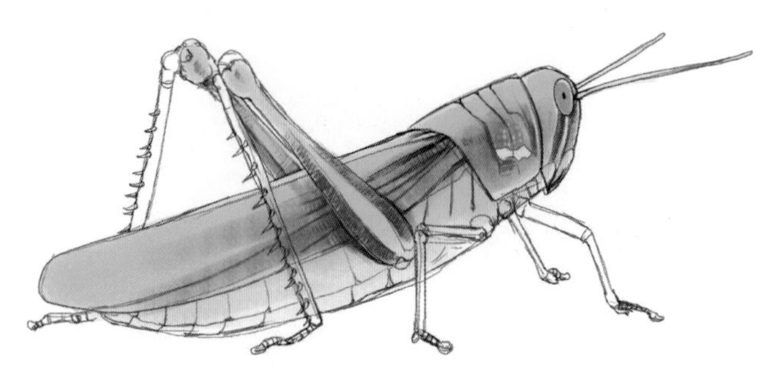

4 將翅膀和大腿的暗面加重，以突出層次感。

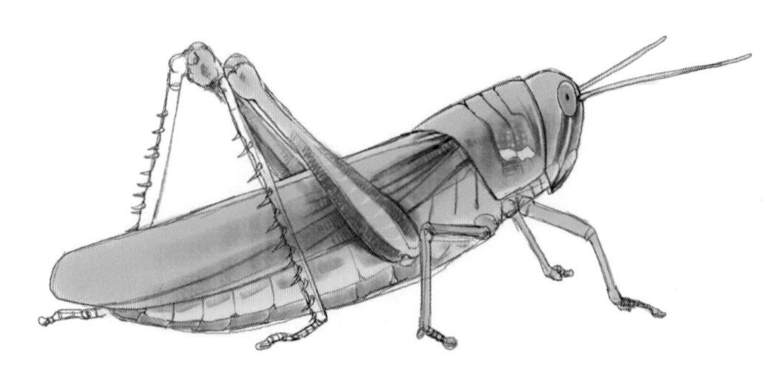

5 深入刻畫腹部和前面的腿。

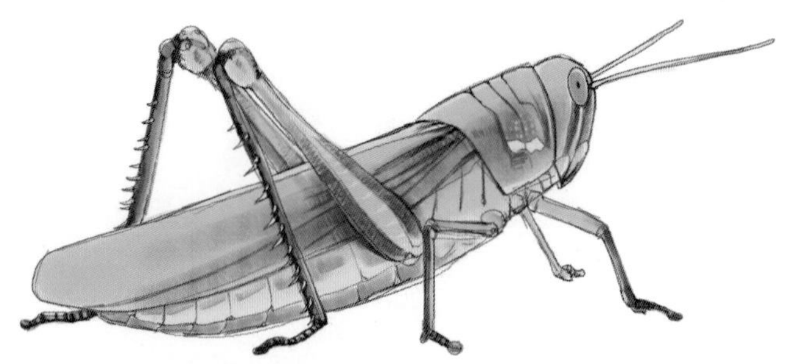

6 給後腿上色，然後在前腳色彩上繼續深入。

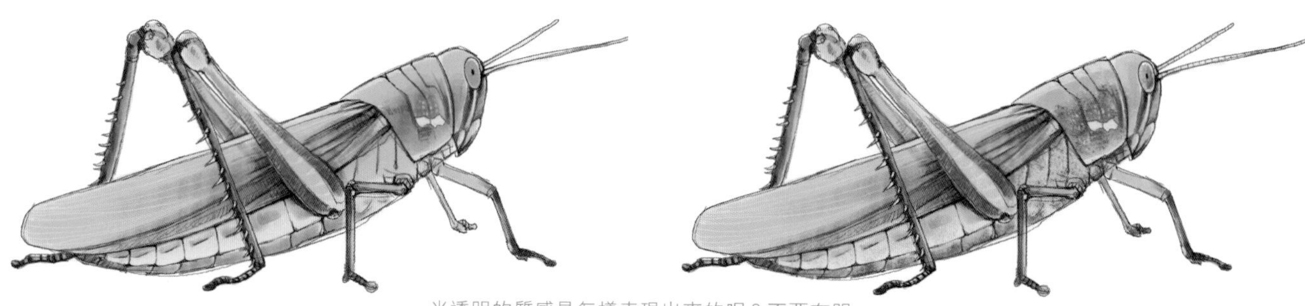

7 用檸檬黃色畫出羽翼的脈絡。

半透明的質感是怎樣表現出來的呢？不要有明顯的黑白灰關係，只需在一種顏色的基礎上加一種亮色（高光），適當的透出結構。當然，半透明效果需要靠與周圍物體或者自身結構的對比才能顯現出來

8 刻畫頭部和胸部細節，強化質感。

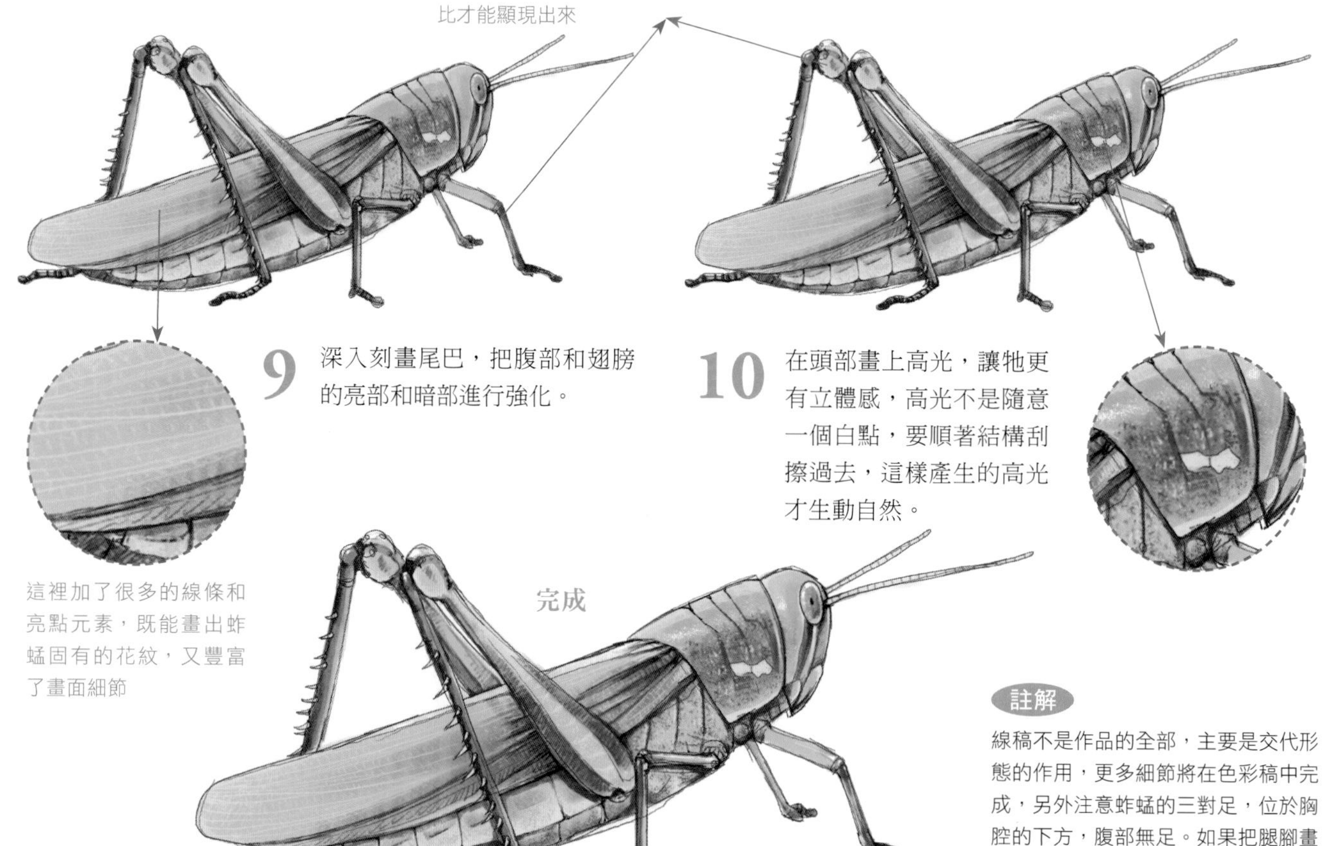

9 深入刻畫尾巴，把腹部和翅膀的亮部和暗部進行強化。

10 在頭部畫上高光，讓牠更有立體感，高光不是隨意一個白點，要順著結構刮擦過去，這樣產生的高光才生動自然。

這裡加了很多的線條和亮點元素，既能畫出蚱蜢固有的花紋，又豐富了畫面細節

完成

註解

線稿不是作品的全部，主要是交代形態的作用，更多細節將在色彩稿中完成，另外注意蚱蜢的三對足，位於胸腔的下方，腹部無足。如果把腿腳畫到腹部上，那就不對了。

草叢中的蚱蜢

3 自然界中的偽裝高手

自然界中的動物採取的最簡單的偽裝技巧，是讓自己融入所處環境中，下面就讓我們一起去看看使用偽裝色的高手變色龍吧。

變色龍

變色龍是爬行動物，學名叫避役，主要分佈在非洲大陸和馬達加斯加，是一種非常奇特的動物，變色龍體長多在 15 釐米～ 25 釐米，最長者可達 60 釐米。身體呈長筒狀，兩側扁平。變色龍的頭部呈三角形，尾巴常呈捲曲狀。眼部凸出，兩眼可獨立轉動。牠擁有適於樹棲生活的種種特徵。

變色龍的身體顏色不是重點，因為顏色會隨著所處的環境而變化，需多留意變色龍身上的不同肌理紋樣，這個是需要用心觀察和繪製的

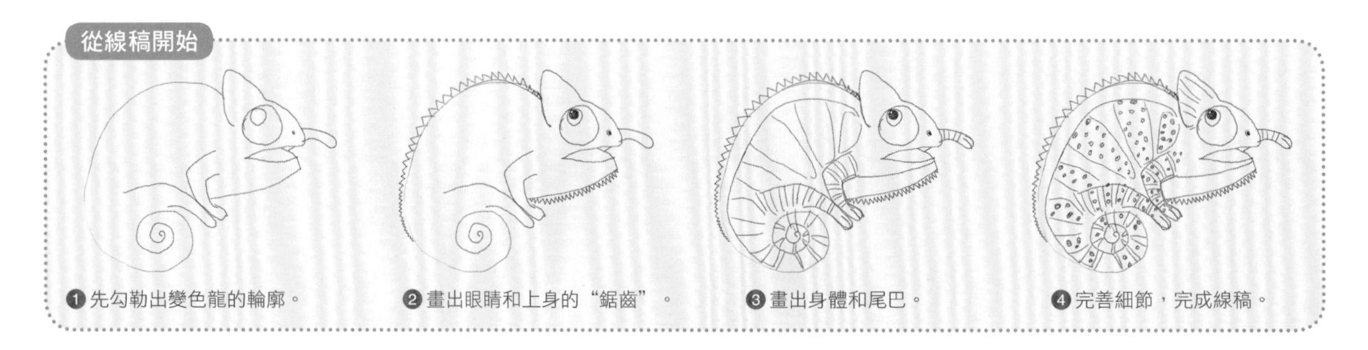

上色步驟

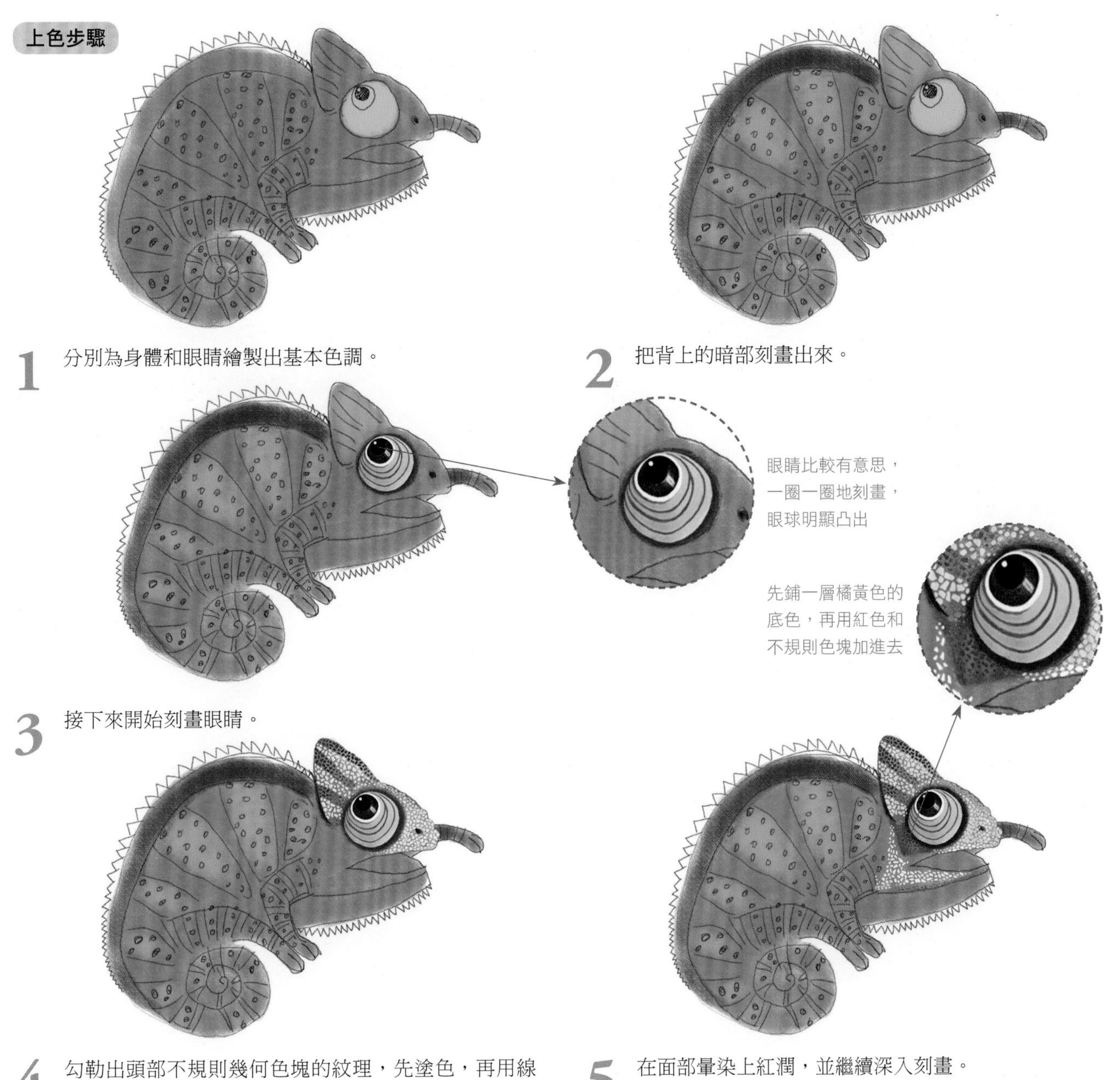

1 分別為身體和眼睛繪製出基本色調。

2 把背上的暗部刻畫出來。

3 接下來開始刻畫眼睛。

4 勾勒出頭部不規則幾何色塊的紋理，先塗色，再用線條分割。

5 在面部暈染上紅潤，並繼續深入刻畫。

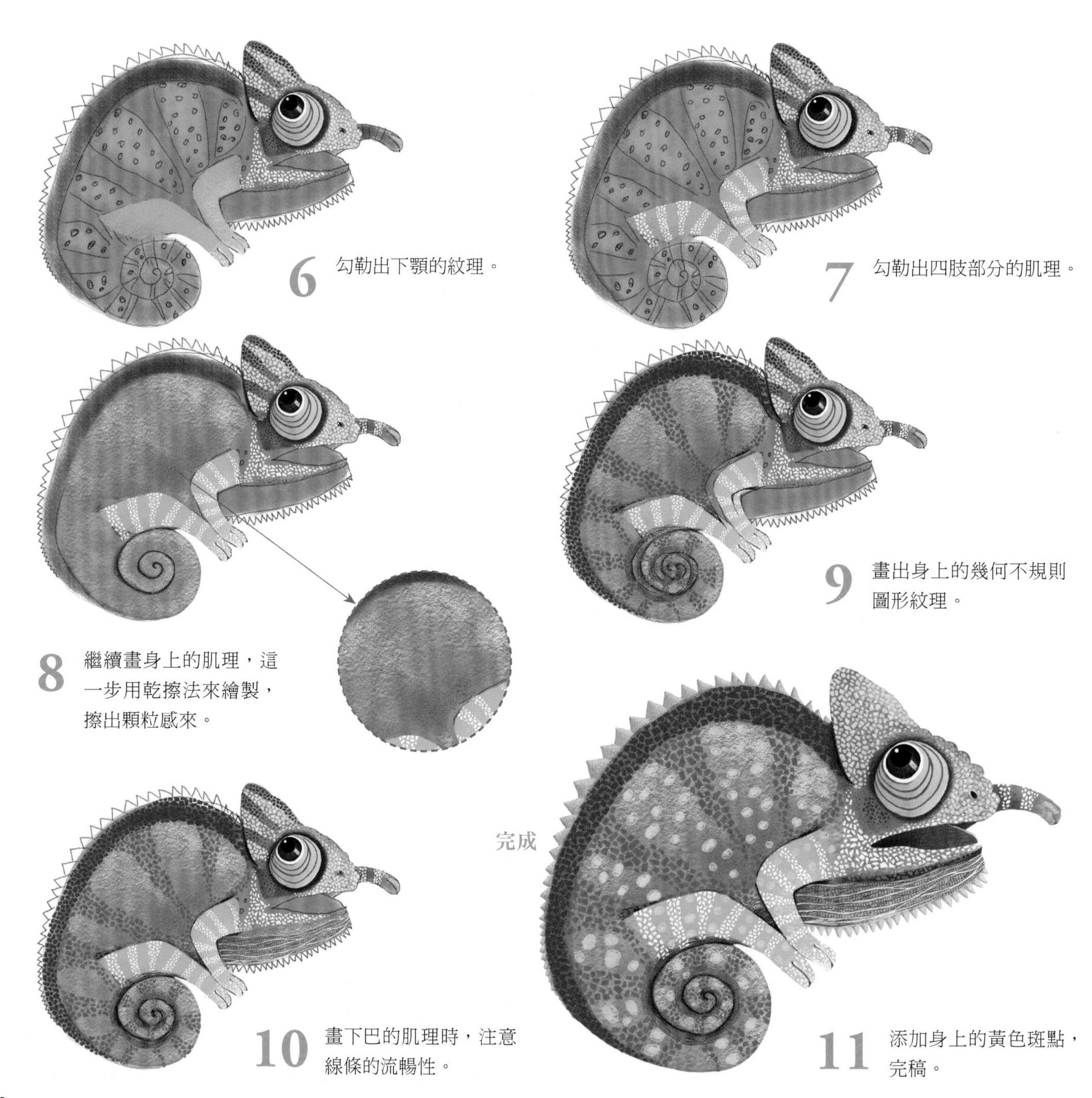
6 勾勒出下顎的紋理。
7 勾勒出四肢部分的肌理。
8 繼續畫身上的肌理，這一步用乾擦法來繪製，擦出顆粒感來。
9 畫出身上的幾何不規則圖形紋理。
完成
10 畫下巴的肌理時，注意線條的流暢性。
11 添加身上的黃色斑點，完稿。

樹枝上的變色龍

穿梭神秘森林

森林中有許多動物，有的有毛茸茸的身體，有的有圓滾滾的身材，有的喜歡在地面上生活，有的喜歡在樹幹上生活…我們挑選幾種動物來畫吧。

棕熊

棕熊，亦稱灰熊。頭大而圓，體型健碩，肩背隆起。主要棲息在寒溫帶針葉林中，多在白天活動，行走緩慢，沒有固定的棲息場所，平時單獨行動。食性較雜，植物包括各種根莖、塊莖、草料、穀物及果實等，喜食蜂蜜，動物包括螞蟻、蟻卵、昆蟲、魚和腐肉等。

畫前小提示

使用顏色

肉黃

土黃

赭石

深褐

粉紅

橘紅

黑

知識要點：

棕熊有毛茸茸的毛皮，呈白色、棕色、黑色或雜色；雖然叫棕熊，但是牠們的毛色通常偏灰。在畫畫的時候為了使顏色更加漂亮，還是選擇顏色幹淨的棕色來畫棕熊。

繪製熊時有兩個難點，一是身上的毛髮，棕熊的毛髮看上去不是毛茸茸的，而是有一定的厚度，畫的時候要畫出層次感；二是熊掌上的指甲，爪子比較鋒利，也需表現出來

從線稿開始

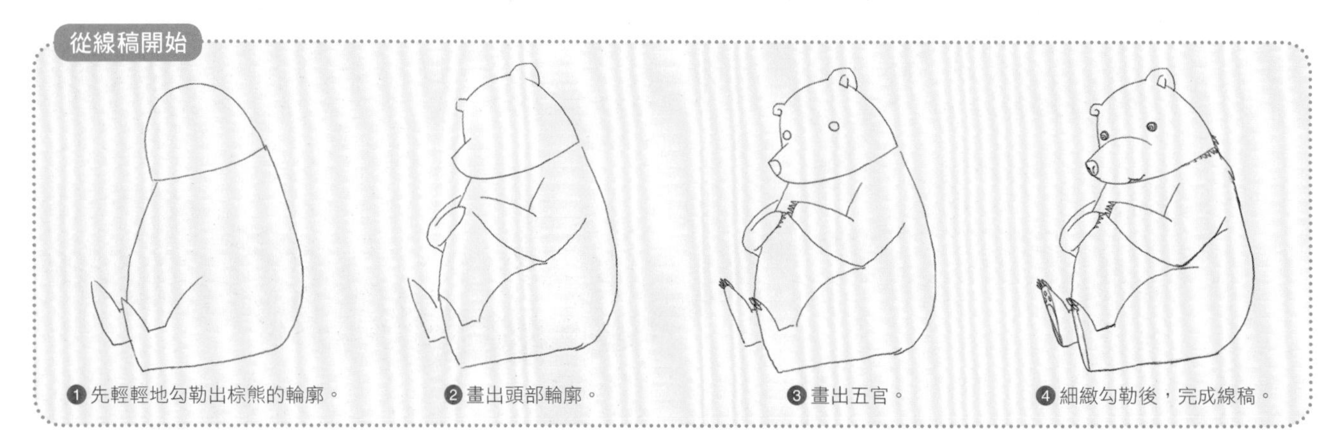

❶ 先輕輕地勾勒出棕熊的輪廓。

❷ 畫出頭部輪廓。

❸ 畫出五官。

❹ 細緻勾勒後，完成線稿。

上色步驟

1 給棕熊塗一個底色，這個底色一般是熊的基調色。

2 加深暗部，以表現出大概的明暗關係。

3 接下來從頭部開始深入塑造。先用色塊塗出明暗關係，然後用線條勾勒，比如鼻子這裡，要順著毛髮生長方向畫弧線。

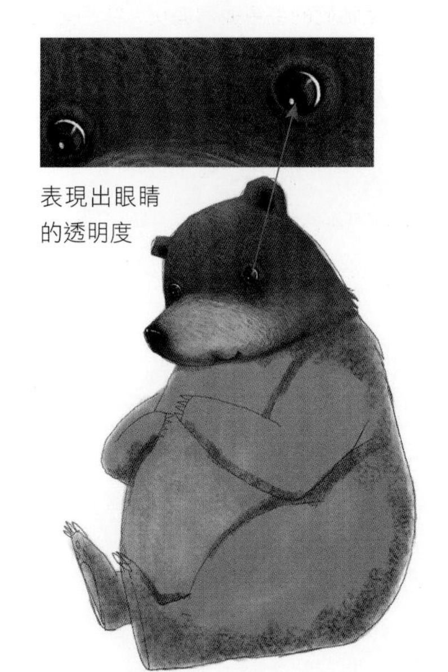

表現出眼睛的透明度

4 刻畫眼睛，棕熊的眼睛很小，但還是需要塑造出神采，畢竟眼睛是靈魂之窗。

5 深入刻畫手臂，在手臂處用比基調色重的色彩再塗一遍。

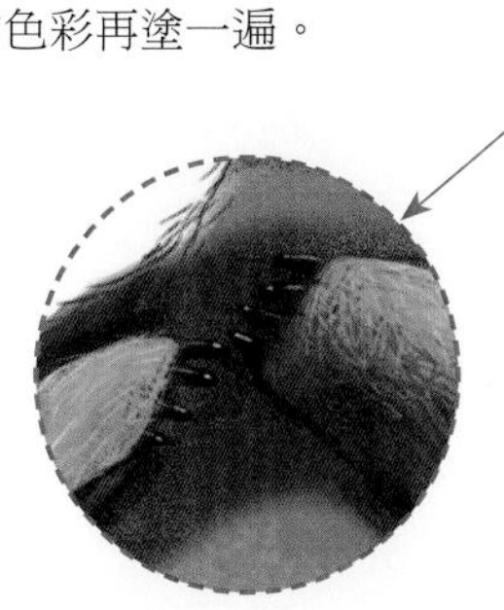

6 刻畫爪子時，注意要表現出爪子的厚度及鋒利感。

7 加重腳部陰影。

8 接下來整體刻畫身體，加強明暗關係。

9 將肚子部分提亮，肚子鼓鼓的感覺就出來了。

頭部毛髮順著頭頂往下走，耳朵處的毛髮順著耳朵的弧度走

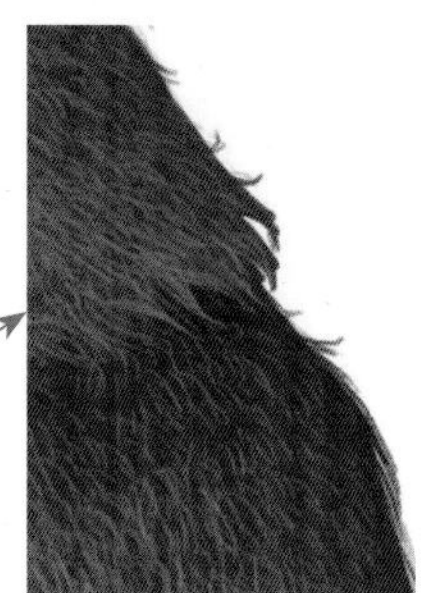

毛髮之間也有層次，透過明暗和頭部毛髮的走向建立前後關係

10 這一步非常關鍵，開始深入刻畫毛髮。畫頭部毛髮時不要著急，越急躁越畫不好。

完成

坐在草地上的熊

浣熊

浣熊，屬於哺乳綱食肉目浣熊科的一種。源自北美洲，因其食前要將食物在水中洗濯，故名浣熊，是類似於熊科的雜食性動物，形態和身體結構略似熊科，但體型要小很多，並長有較長的尾巴，樹棲性比熊科更強。

使用顏色

中黃
橘紅
大紅
檸檬黃
深藍
黑

畫前小提示

浣熊本身的毛髮層次分明、斑紋明顯，斑紋之間毛髮的銜接是繪製重點。

知識要點：
一般浣熊的眼睛周圍為黑色，尾部有深淺交錯的圓斑，尾巴上有 5～6 個黑色環紋，皮毛大部分為灰色，也有部分為棕色。因為黑色不能體現色彩關係，所以我們繪製時選擇畫棕色浣熊。

從線稿開始

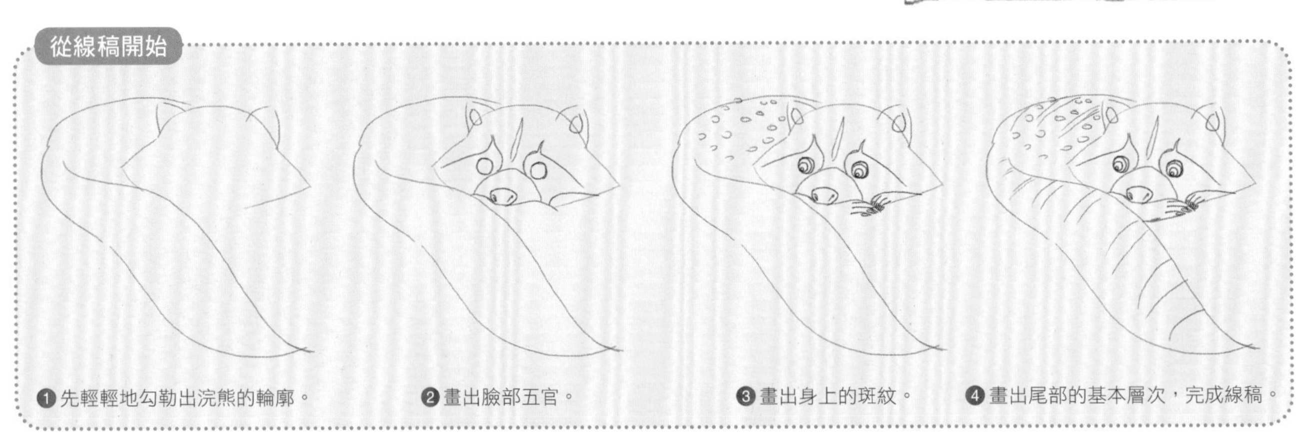

❶ 先輕輕地勾勒出浣熊的輪廓。
❷ 畫出臉部五官。
❸ 畫出身上的斑紋。
❹ 畫出尾部的基本層次，完成線稿。

上色步驟

1 用中黃色鋪出基調色。

2 用黑色表現出暗面和斑紋。

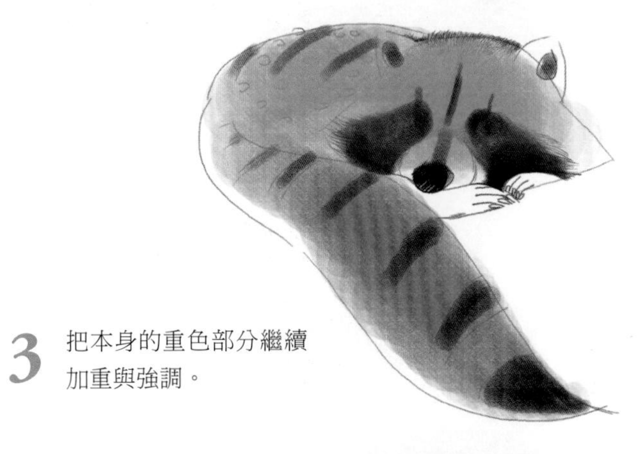

3 把本身的重色部分繼續加重與強調。

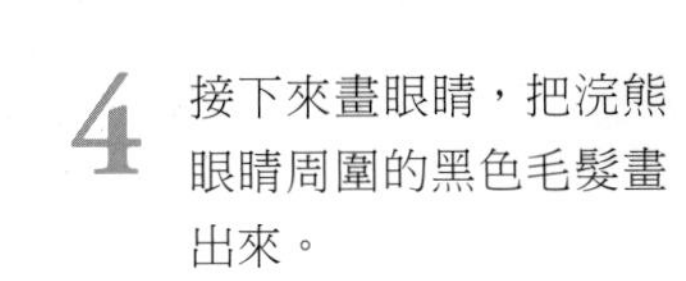

4 接下來畫眼睛，把浣熊眼睛周圍的黑色毛髮畫出來。

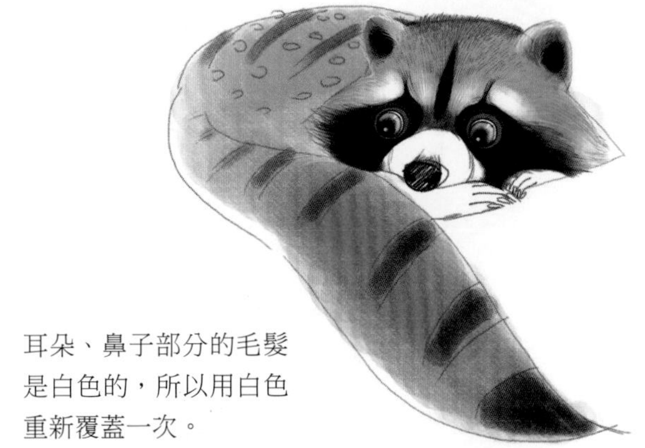

5 耳朵、鼻子部分的毛髮是白色的，所以用白色重新覆蓋一次。

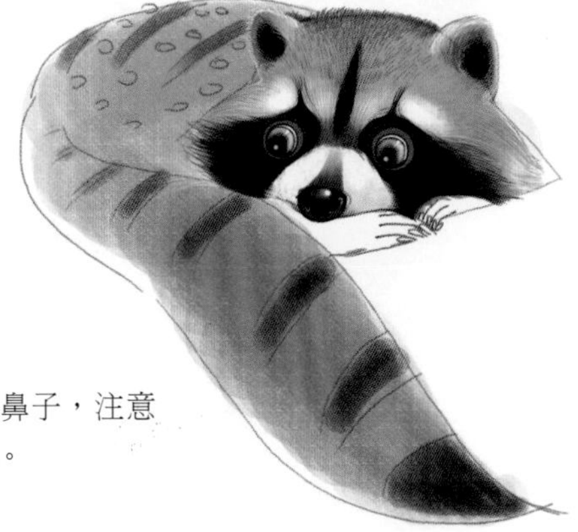

6 進一步塑造鼻子，注意鼻孔的刻畫。

7 刻畫浣熊的前爪。

8 點綴上紅暈，讓牠顯得更加可愛。

9 畫上白鬍鬚。

10 畫出浣熊漂亮的大尾巴。把顏色塗完整並加重。

11 深入刻畫尾巴，用細筆觸畫出尾巴上長長的毛髮，注意斑紋之間色彩的銜接，然後在黑色毛區域用橙色畫一些毛髮，在橙色毛區域用白色畫一些毛髮。這樣，尾巴就顯得更有質感和重量感了。

12 將指甲染紅，愛美的浣熊就完成了。

完成

樹上的浣熊

金絲猴

金絲猴，脊椎動物，哺乳綱，靈長目。毛質柔軟，為中國特有的珍稀動物，群棲於高山密林中。中國金絲猴分為川金絲猴、黔金絲猴、滇金絲猴和 2012 年發現的“怒江金絲猴”（暫定名）。此外還有越南金絲猴和緬甸金絲猴兩種，均已被列為國家一級保護動物。

畫前小提示

金絲猴的毛色金黃，能不能成功畫出毛髮的質感是關鍵。

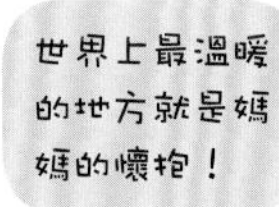

使用顏色

- 大紅
- 粉紅
- 膚色
- 土黃
- 赭石
- 熟褐
- 淺藍
- 深藍
- 黑

知識要點：

本身色彩不是很豐富的動物，可透過近似色來豐富色彩關係，以色彩自身的亮度變化來增加層次感。

從線稿開始

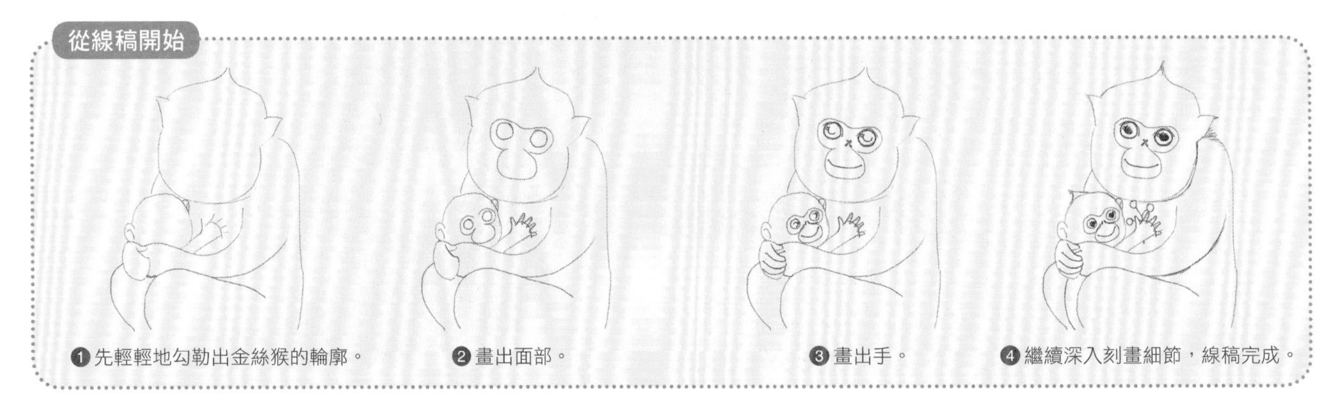

❶ 先輕輕地勾勒出金絲猴的輪廓。

❷ 畫出面部。

❸ 畫出手。

❹ 繼續深入刻畫細節，線稿完成。

上色步驟

1 臉部和身體顏色一致，畫出金絲猴本身的基調色。

2 把暗面或者需要強調的地方再補強一下。

3 把大金絲猴的手臂和腿部的顏色繼續加重。

4 表現出兩隻金絲猴臉部色彩的關係。

5 深入刻畫眼睛，金絲猴的鼻孔朝天，所以這裡不需細緻地刻畫鼻子。

刻畫眼睛時，色彩使用比較微妙。亮部和暗部的顏色和明度都比較接近，最後順著眼睛的弧度畫上高光

6 先把額頭的顏色加重。

7 再用稍微淺的顏色一筆一筆勾勒出頭部的毛髮來，注意順著生長方向。

8 接下來畫背部和手上的毛髮。

胳膊處毛髮的細節，這裡毛髮層次細看還是很多的。怎樣畫出毛髮的明暗層次呢？可以先平塗一個重色，然後用不同明度的黃色畫線

9 紅果雖小，但基本關係也需要表現出來。

完成

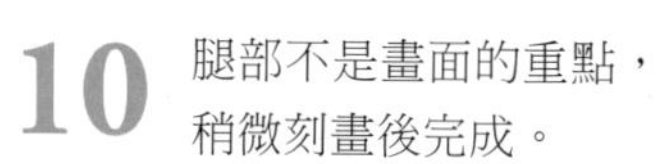

10 腿部不是畫面的重點，稍微刻畫後完成。

樹林裡的金絲猴

做一隻快樂的鳥

鳥的快樂與否不在於會不會飛，而在於有沒有引以為傲的特長。孔雀能開屏，鴕鳥善奔跑，鸚鵡會學舌，文鳥有七彩的羽毛……牠們都一樣快樂。

彩色鴕鳥

鴕鳥是一種體型巨大、不會飛但奔跑得很快的鳥，特徵為頸長而無毛、頭小、腳有二趾，是世界上存活著的、體型最大的鳥，高可達三米，大多生活在非洲的草原和沙漠地帶。

使用顏色

湖藍
深藍
普藍
紫
大紅
橘黃
赭石
灰
黑

雖然我不會飛，但我跑得快。誰敢和我單挑百米賽跑？

畫前小提示

鴕鳥的羽毛比較有特色，頭頂的毛和身上的毛不一樣，繪製時需下足功夫。另外，鴕鳥的毛髮不是那種飄逸柔順的，怎樣才能畫出蓬鬆感覺的毛髮呢？在教程中能找到答案。

知識要點：

鴕鳥大多為黑色和灰色，為了追求色彩感，我們有意畫成藍色的鴕鳥。除此之外都是根據鴕鳥的實際特徵繪製。

從線稿開始

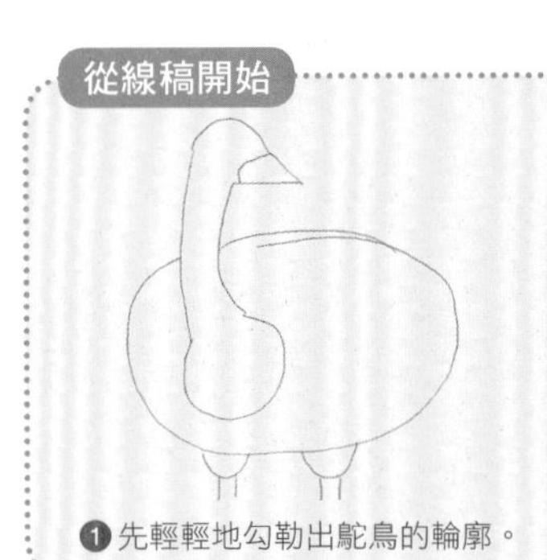

❶先輕輕地勾勒出鴕鳥的輪廓。

❷畫出頭部。

❸逐步刻畫。

❹繼續完善細節，完成線稿。

上色步驟

1 確定駝鳥的整體色調，表現出基本的色彩關係。

2 畫出眼睛和嘴巴的顏色。

3 想要使色彩豐富又不花俏，一般來講還是選擇近似色比較容易做到這一點。用近似色渲染身體的重色部分。

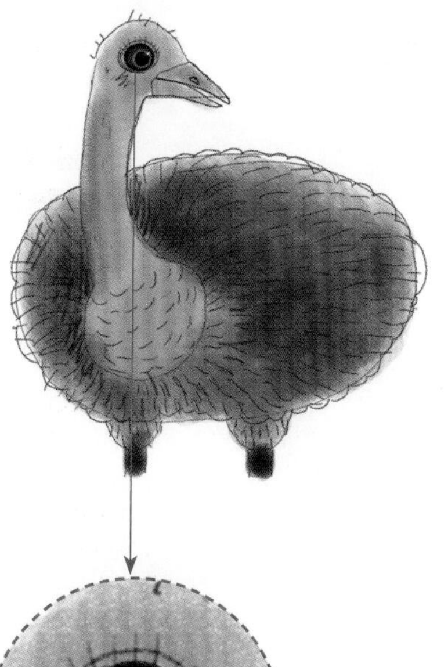

眼睛處包含了好幾層色彩，有暗面也有高光，這樣的眼睛看起來透明又有神

4 刻畫頭部和頸部。

5 深入刻畫眼睛周圍的部分。

6 進一步刻畫頭部，紅暈要畫出深淺變化。

7 畫出頸部的羽毛。

8 在基調色的基礎上鋪上一層羽毛（①）。

①  + ② + ③  = 

②

9 再畫出漸變的羽毛（②）。

③

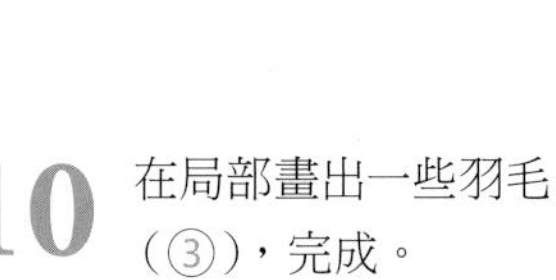

10 在局部畫出一些羽毛（③），完成。

完成

與花爭豔的鴕鳥

七彩文鳥

七彩文鳥是一種原產於澳大利亞的美麗鳥類，牠有著五顏六色的羽毛，尾巴有兩個長長的分叉，就像燕子一樣。屬於文鳥科，體形介於黃雀與麻雀之間。

畫前小提示

注意七彩文鳥身上不同的紋樣，只有相互搭配協調，才能呈現豐富的細節也才會耐看。

為什麼我的名字不是彩虹鳥呢？

使用顏色

紫

藍綠

大紅

檸檬黃

灰

黑

知識要點：

本身色彩比較絢麗的動物，在畫的時候可以大膽地著色，畫出來的效果會更出色。

從線稿開始

❶先輕輕勾勒出七彩文鳥的輪廓。

❷畫出頭部和鳥爪。

❸逐步刻畫。

❹繼續深入刻畫細節，完成線稿。

上色步驟

1 畫出身上每個部位的基調色。

2 畫出每種色彩的重色部分。

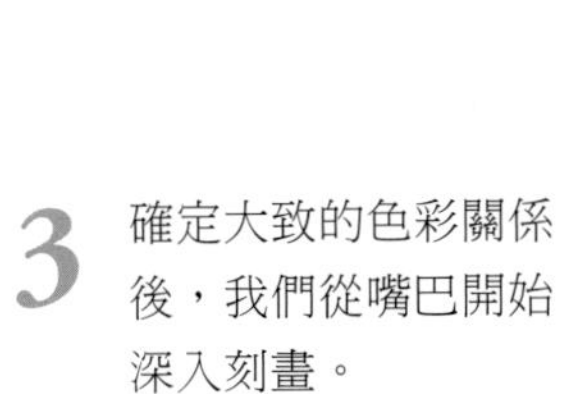

3 確定大致的色彩關係後，我們從嘴巴開始深入刻畫。

4 刻畫眼睛。眼睛雖小，但也不能一筆帶過，需要強調的部分還需強調，眼睛周圍的裝飾線條需仔細刻畫，注意表現眼睛的層次和高光。

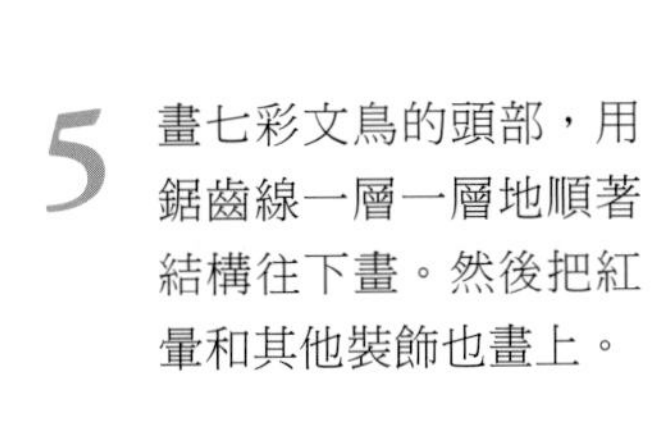

5 畫七彩文鳥的頭部，用鋸齒線一層一層地順著結構往下畫。然後把紅暈和其他裝飾也畫上。

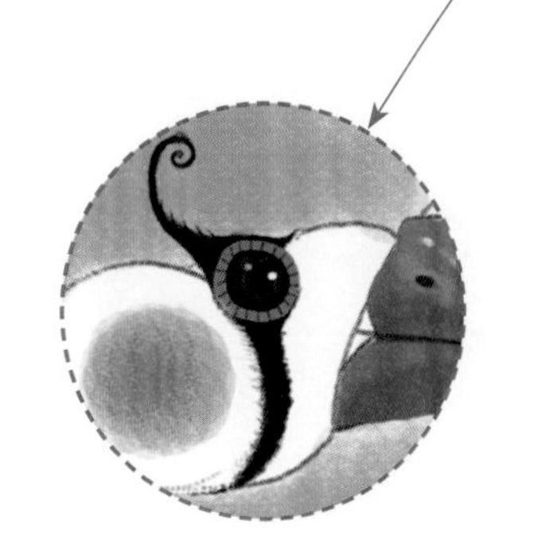

我的裙子的顏色創意就是從七彩文鳥身上獲得的哦！

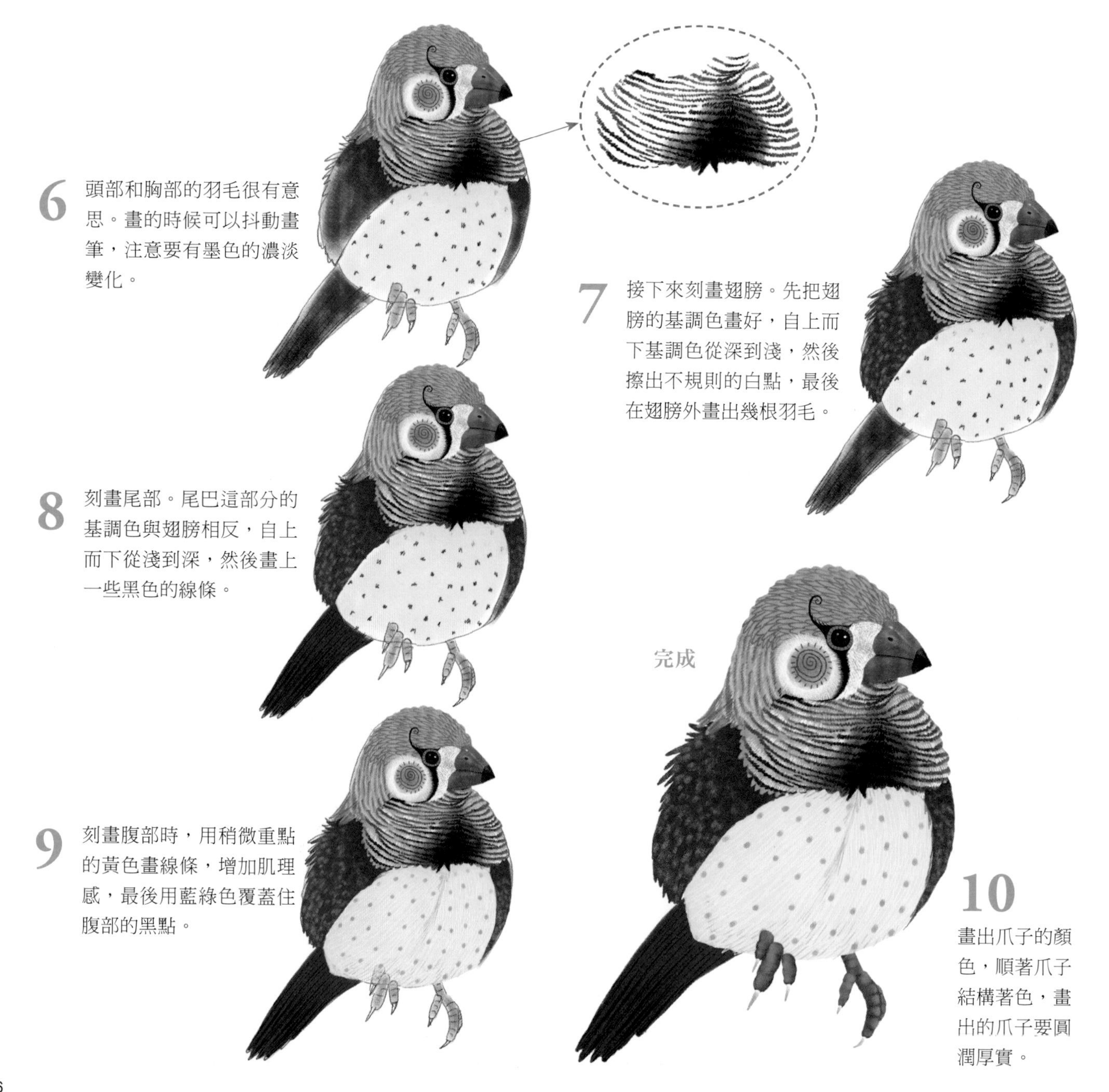
6
頭部和胸部的羽毛很有意思。畫的時候可以抖動畫筆，注意要有墨色的濃淡變化。
7
接下來刻畫翅膀。先把翅膀的基調色畫好，自上而下基調色從深到淺，然後擦出不規則的白點，最後在翅膀外畫出幾根羽毛。
8
刻畫尾部。尾巴這部分的基調色與翅膀相反，自上而下從淺到深，然後畫上一些黑色的線條。
完成
9
刻畫腹部時，用稍微重點的黃色畫線條，增加肌理感，最後用藍綠色覆蓋住腹部的黑點。
10
畫出爪子的顏色，順著爪子結構著色，畫出的爪子要圓潤厚實。

花枝上的七彩文鳥

專題

局部寫實攻略

在本專題中，我們將分別從貓的眼睛、孔雀的羽毛、兔子的耳朵來進行講解，培養深入細緻的觀察能力和局部深入的塑造能力。

貓眼睛的畫法

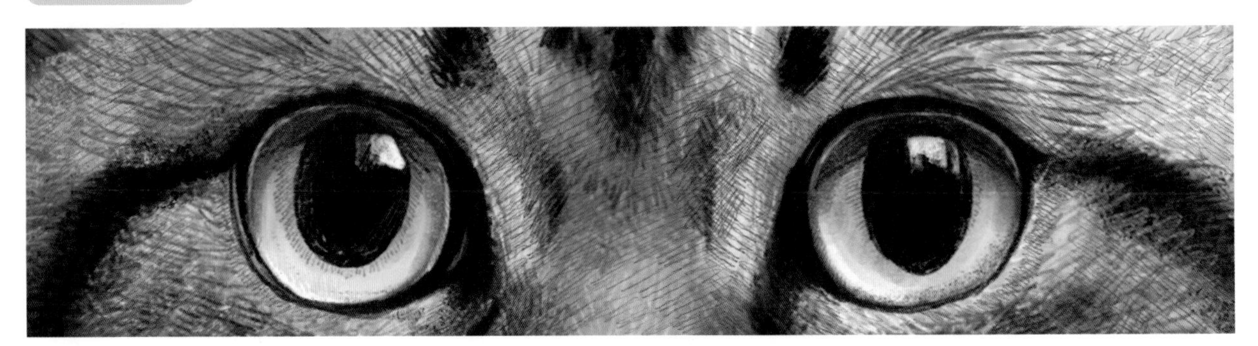

貓的眼睛和人的眼睛相似，也由角膜、虹膜、晶狀體、視網膜等結構組成。貓的眼睛有藍、綠、黃、棕等顏色，這些顏色之間是過渡關係，沒有明確的分界線，這些顏色主要是由虹膜決定。對貓的眼睛有了一定的了解後，就可以開始繪製了

1 先畫出貓眼睛的形狀結構。

2 畫出眼珠和高光的輪廓。

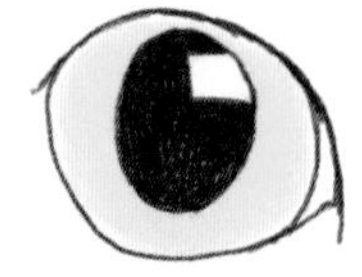

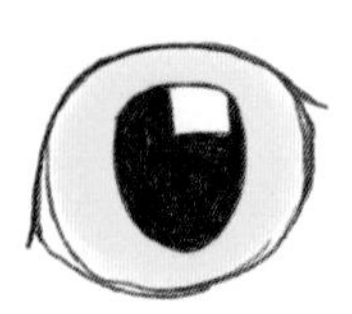

3 塗上眼睛的基調色，塗顏色的時候要保留高光位置。

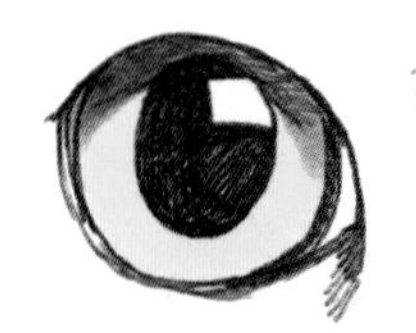

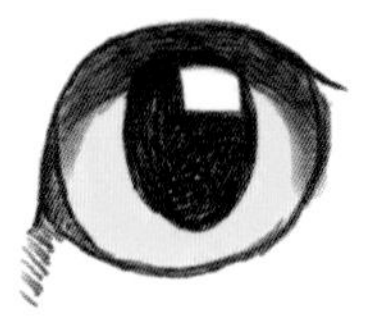

4 畫上陰影，讓貓的眼睛具有立體感。

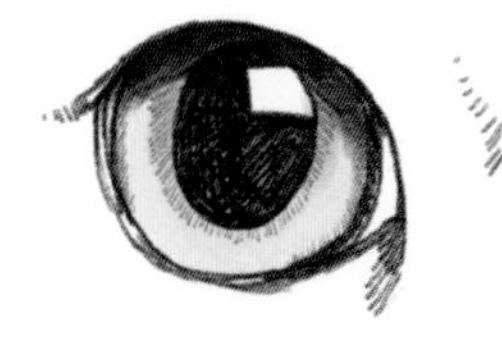
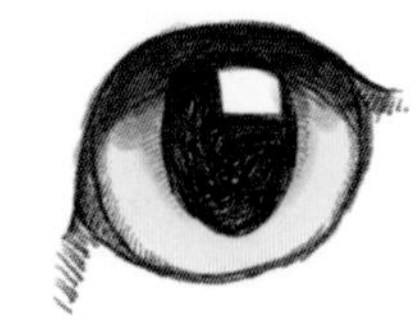

5 給貓的眼睛塗上一層綠色。

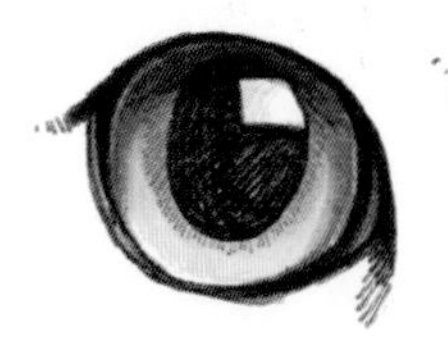
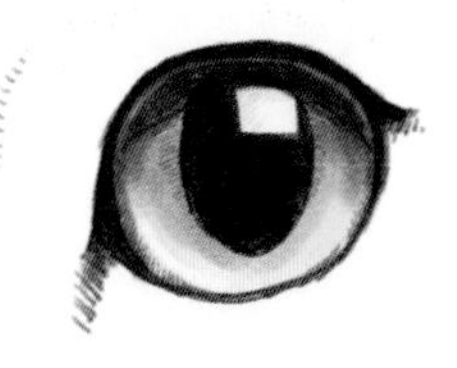

6 將黑眼珠再塗黑一些，和眼睛的高光形成更加鮮明的對比。

7 看看我們畫好的貓眼睛的效果吧。
是不是炯炯有神呢？

孔雀羽毛的畫法

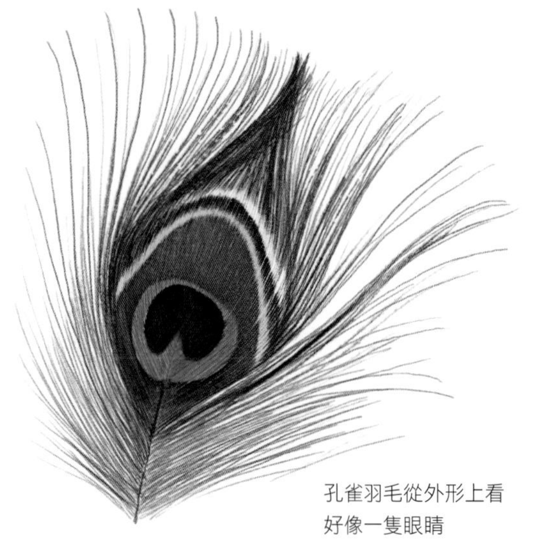

孔雀羽毛從外形上看
好像一隻眼睛

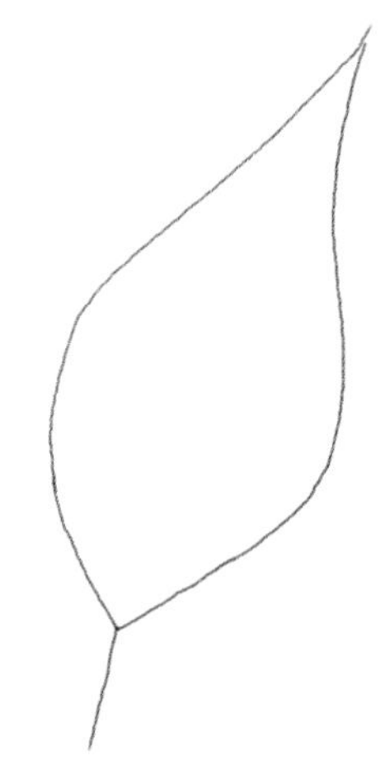

1 先畫出羽毛的主要外形輪廓。

2 外圍羽毛用細線條順著主結構逐層向外延展。

3 給羽毛上色。上色也是用線條進行，一根一根地畫，一筆一筆地畫上去。

4 逐步向羽毛中心繪製，表現出線條之間的層次和色彩關係。

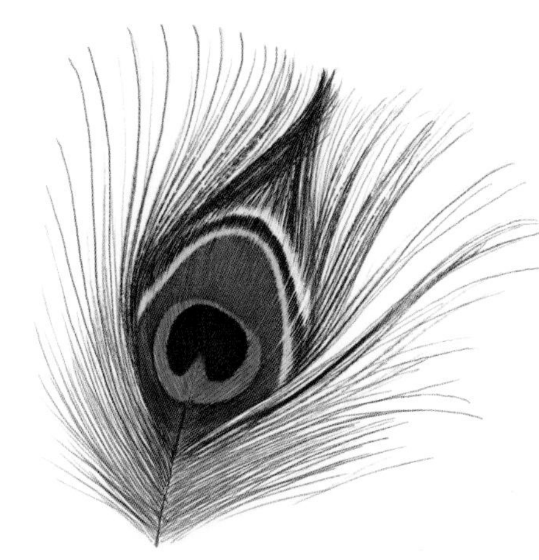

5 將孔雀“眼睛”畫上。在之前的繪製基礎上，我們每個部位都用較深的顏色依次繪製一遍。孔雀的羽毛就完成了。

孔雀開屏很好看吧？

兔子耳朵的畫法

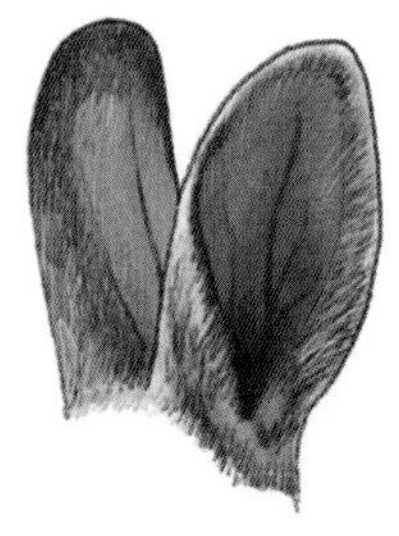

猜猜看，這是什麼動物的耳朵？

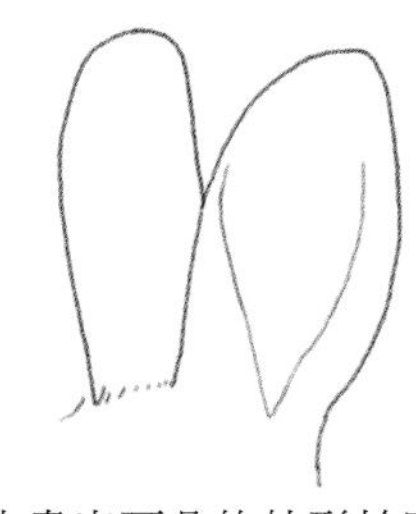

1 先畫出耳朵的外形輪廓。

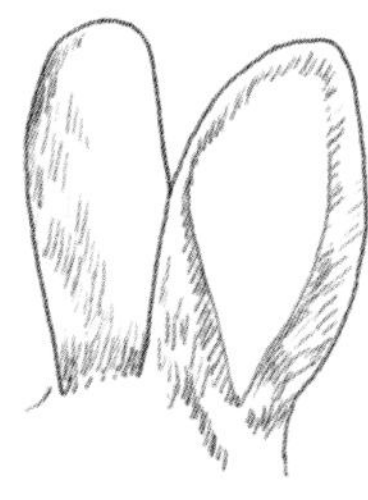

2 用細線條畫出耳朵邊緣的絨毛。

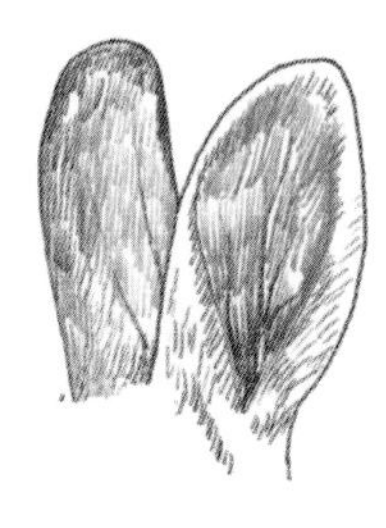

3 把耳廓內的絨毛也畫上，注意耳朵內血管脈絡的佈局。

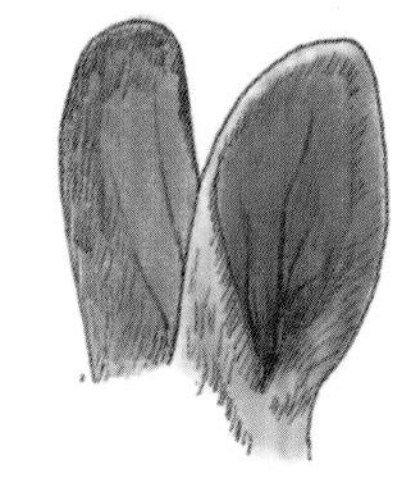

4 平塗顏色，區別耳朵外框和內框的顏色。

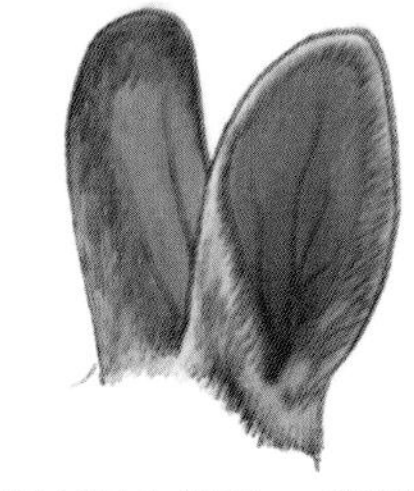

5 開始深入塑造，繼續繪製兔子的毛髮。

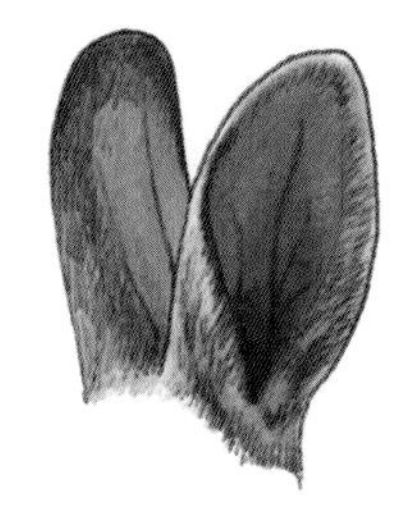

6 最後，把需要加重的部分再加重一下。

7 一對兔子的耳朵就完成了。

任何動物都能變形？沒錯！敢於嘗試，才能讓不可思議成為可能。我們可以嘗試讓動物擁有人的臉型與表情，讓動物穿上衣服，讓動物擁有人的運動技能，讓動物獲得人的職業技能…相信你的每一步嘗試都會給自己帶來繪畫創意的樂趣和視覺的新鮮感。

Chapter 5

動物瘋狂，創意也瘋狂

1 任何動物都能變形

動物插畫也需要注入創意，而非單純寫實。我們在創作動物插畫時，要遵循什麼法則？如何得到具有創造力的構思？首先要堅信任何動物都能在一定的法則下變形，有了變形法則，創意構思就不再是什麼痛苦的事情了。

1.1 扭曲

扭曲會使物體的長度沒有變化，但其直線長度超出實際長度的變形。
可以去買一些魔術氣球，然後大膽地扭曲。發揮你的想像力，就可以扭出很多種樣子啦！

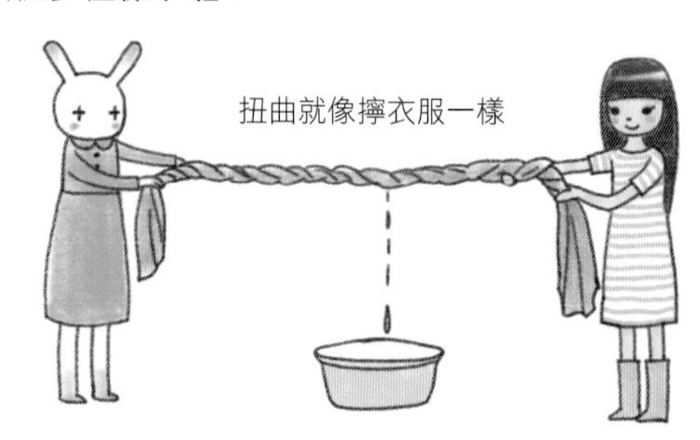

扭曲圖形舉例

先從基本的幾何圖形開始，便於直觀地感受什麼是扭曲。

長方體舉例

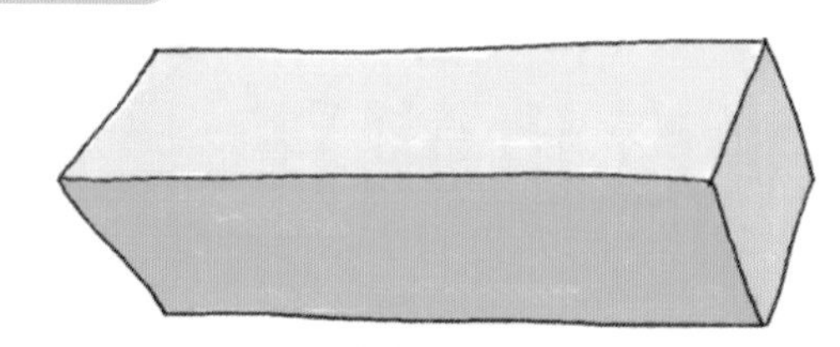

扭曲前效果

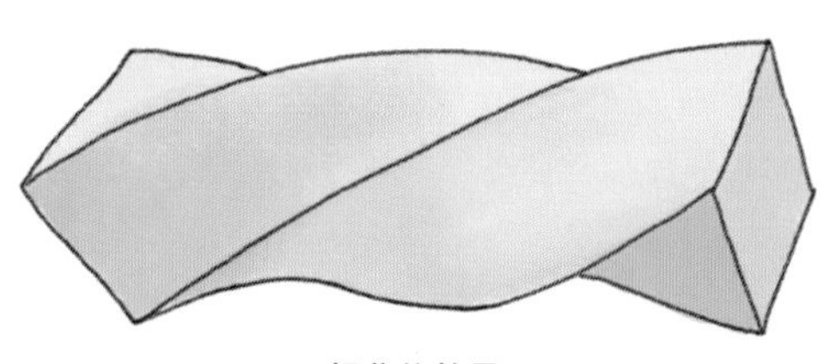

扭曲後效果

圓柱體舉例

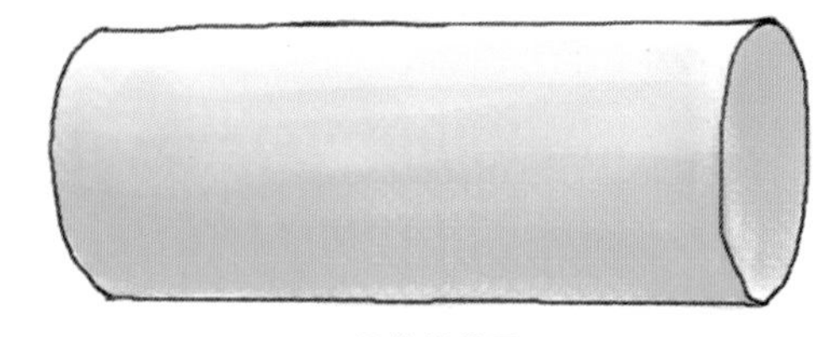

扭曲前效果

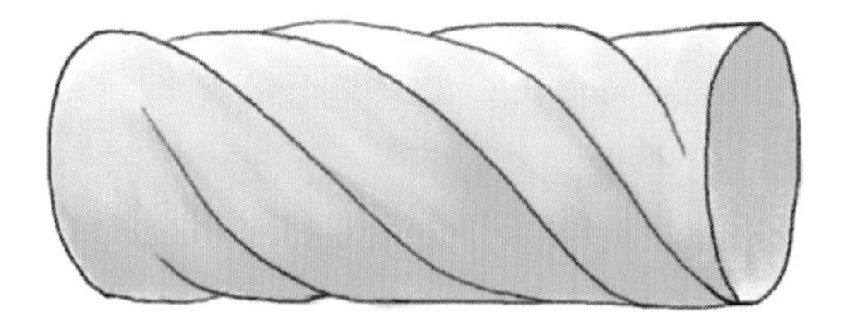

扭曲後效果

扭曲圖形展示

下面列舉一些幾何圖形的扭曲圖例，參照這些圖形多練習。理解這些幾何圖形的扭轉關係對日後的創作是有很大幫助的。

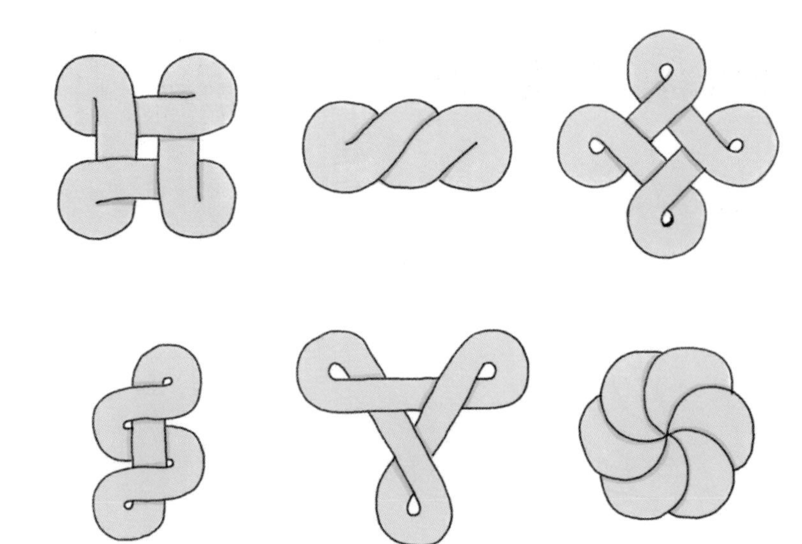

去發現身邊的扭曲造型

去發現並收集生活中的各種扭曲造型，會在創作中給予我們靈感。

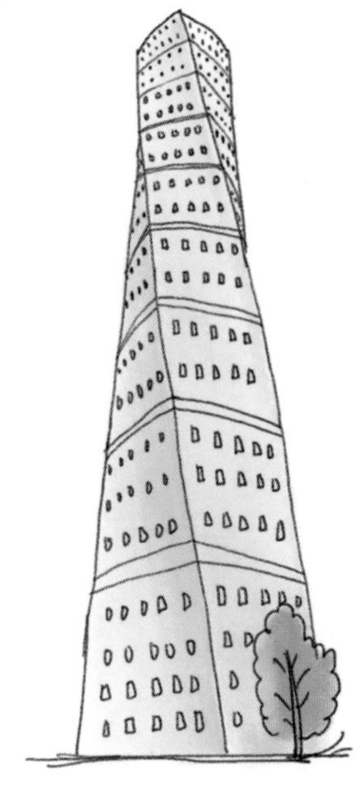

創意實戰

透過前面的講解，我們對扭曲有了基本的認識，接下來開始創意實戰，藉助生活中見到的扭曲造型進行動物繪畫創作。這一步將會對我們的創作發揮關鍵性作用。

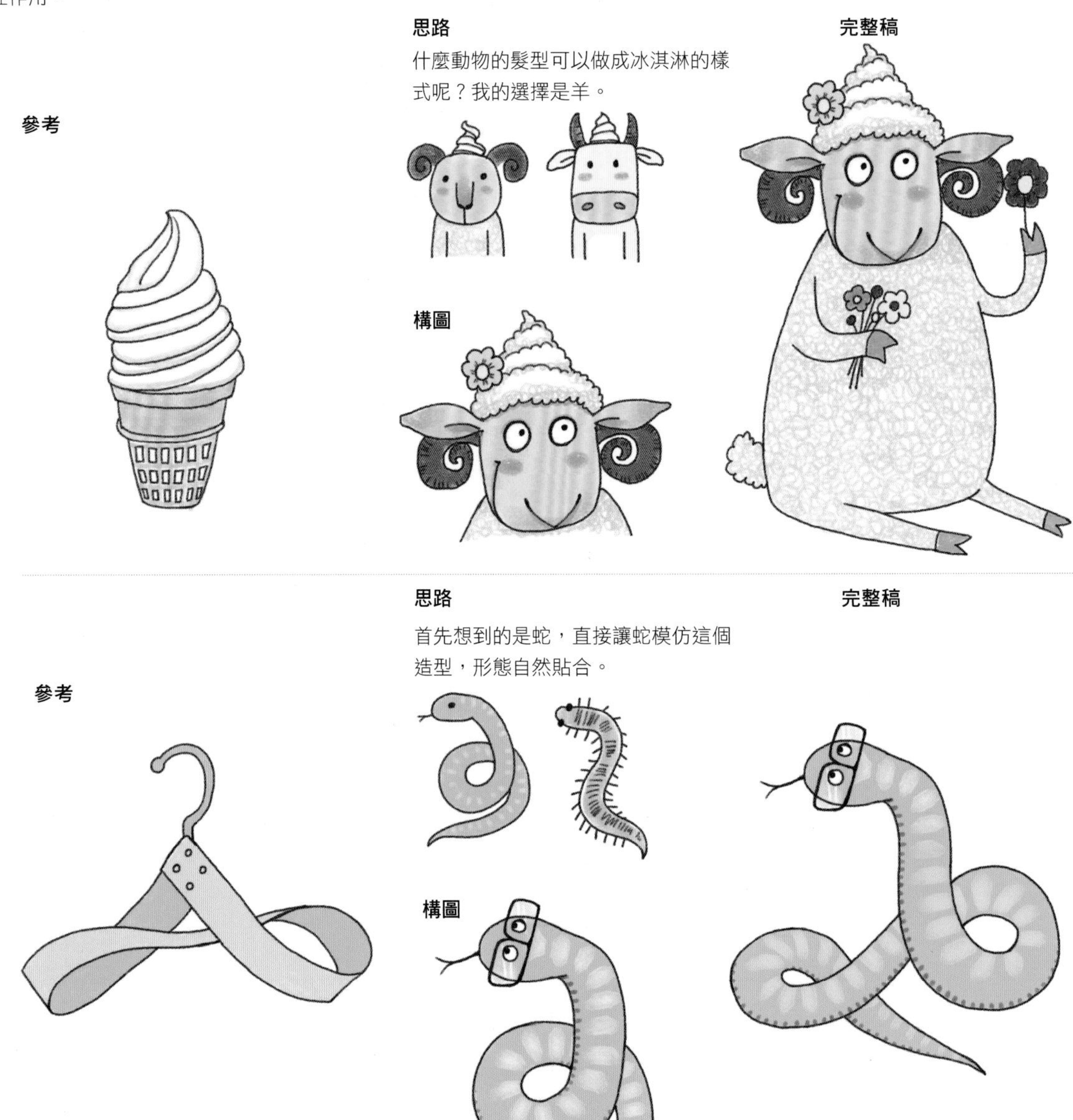

動物扭曲插畫作品

透過第 105 頁的檯燈得到這個靈感，我們可以思考，哪種動物適合做出這個動作呢？對了，長頸鹿！長頸鹿的脖子比較長，可以做出這樣的動作。假想一下，如果這個動作由棕熊來完成就似乎突兀了，沒有長頸鹿表現得完美。

1.2 置換

置換手法若在插畫中運用得好，會給人耳目一新的感覺，同時給插畫拓展了創意空間。那什麼是置換呢？置換是指某一位置上形與形或物與物之間的更改或變換，在形象、物體、肌理、材質、位置、空間、虛實等置換中層出不窮地產生新的、強有力的視覺衝擊，並引起觀眾強烈的共鳴和心靈的震撼。

● 功能置換

把物體的某一種功能置換到動物身上，使其也具備這種功能。

置換前

一把鋒利的鋸子

沒有牙齒的溫順的魚

置換後

置換後，魚的牙齒像鋸子一樣鋒利，張大的嘴巴能把木棍咬碎，變成一條兇猛的魚。

● 形狀置換

細心觀察後會發現動物身上的某個部位與某些物體的形狀相似，或者說某些物體的形狀與動物的某些部位相似，我們可以把形狀相似的部分相互置換。

置換前

一朵花

一隻小鳥

置換後

讓花成為小鳥的裙子，別有一番風味

紋樣置換

蝴蝶的紋樣、豹的紋樣、老虎的紋樣等本身具有識別性和聯想性，如果把某個動物的標誌性紋樣置換到其他動物身上，令人產生的聯想就會發生改變。

紋樣置換還可以用在其他題材的創作中哦！

置換前

斑馬

獅子

置換後

將斑馬紋置換到獅子身上，獅子在吃草，哇，獅子都吃素了！

● 內外置換

將外形與內部相互置換，一個借用外形，一個借用內部。

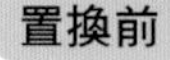

馴鹿

聖誕老人

置換後

馴鹿的外形，聖誕老人的五官，置換後聖誕馴鹿成為了聖誕老人？還是聖誕老人成了聖誕馴鹿？說不清啊…這就是置換的魅力。

1.3 異影

客觀物體在光的作用下產生異常的變化，呈現出與原物不同的對應圖形，這就叫做異影圖形。用來替代原本影子的可以是形態相似的圖形，也可以是具有某種內在聯繫的元素等。我們在插畫創作中可以用影子的語言來豐富畫面，來傳達某種信息。

● 讓影子成為心中的喜好

投影可以是動物本身所喜好的，或者是它們在某個階段所希望得到的。

作為熊的食物之一，熊的投影是魚的形狀，這樣的投影似乎也是合乎情理。

讓影子成為私人保姆

影子不再是單純的影子，它都可以為自己服務了！讓不動的影子活動起來吧！

熊的吃飯時間到了，
別著急哦，私人保姆
早就做好了。

讓影子來表現內心世界

有時候表面是天使，內心是魔鬼，眼中看到的並不能代表實質。有時候表面拒絕，內心卻是極度地渴望擁有；有時候弱小遭遇強大，內心便會產生各種讓自己強大的幻想⋯，這些都可以用影子來表現。

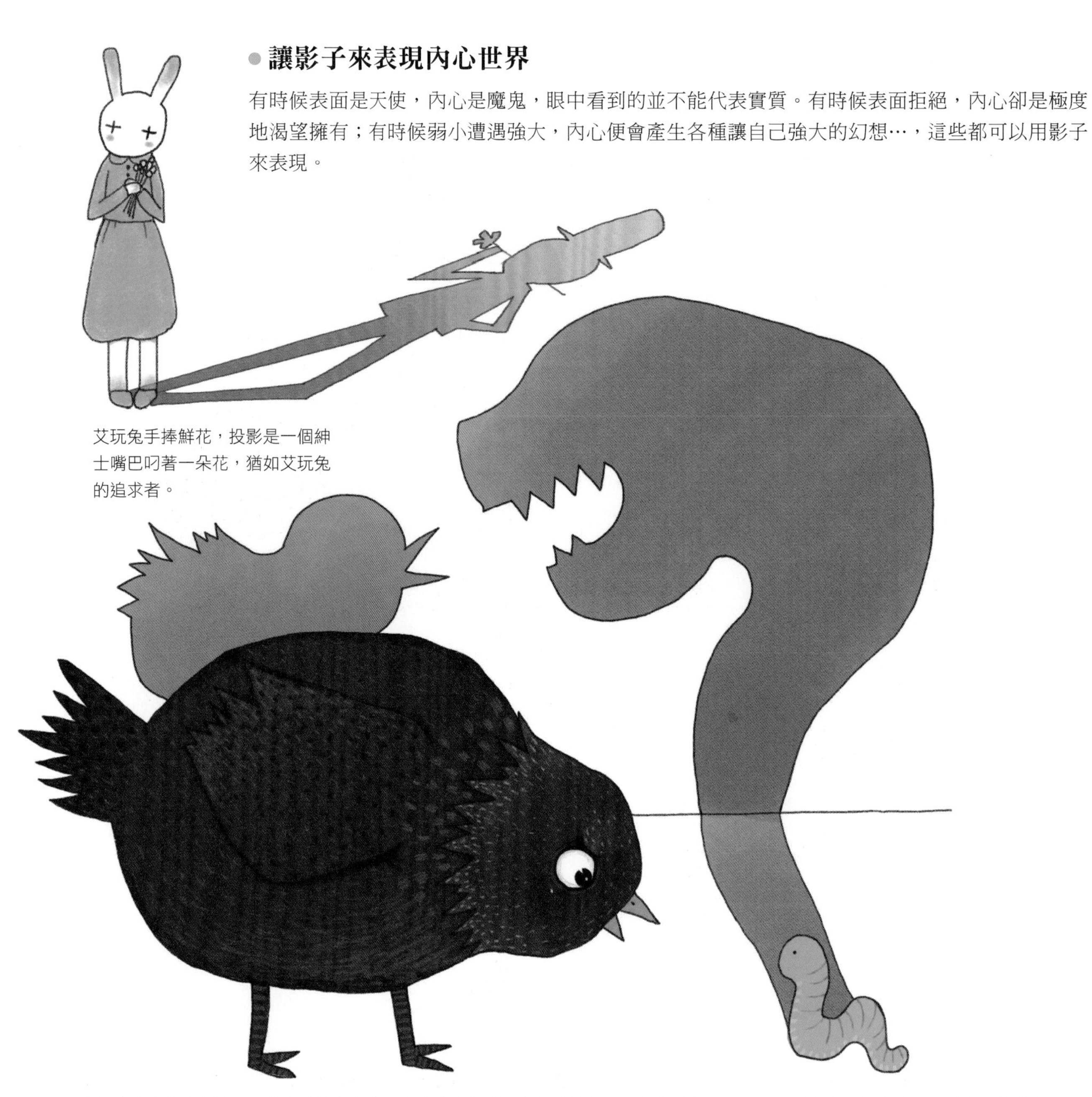

艾玩兔手捧鮮花，投影是一個紳士嘴巴叼著一朵花，猶如艾玩兔的追求者。

母雞與小青蟲狹路相逢，母雞想吃掉小青蟲，小青蟲這個時候多麼希望自己是大大的蟲子，而母雞則變為一隻小雞仔，被自己給嚇跑

● 讓影子成為朋友或是對手

孤獨的時候渴望有人相陪，或傾訴衷腸，或分享快樂；我們渴望得到朋友，但同時也需要一個對手。沒有一個和自己實力相當的對手，人生是孤獨而寂寞的。繪畫也是，畫面單一的時候，讓影子來豐富畫面吧，給畫的主題形象加個“朋友”或“對手”。

之所以孤獨，要麼就是沒有朋友，要麼就是沒有對手，讓我們給主角畫上一個朋友的投影，再加上一個對手的投影，畫面立即變得豐富而富有趣味性。

1.4 誇張

為了表達強烈的思想感情，突出動物的本質特徵，有時需要對動物的某些方面故意誇大或縮小，進行藝術的加工和渲染，這種繪畫手法叫做誇張。

● 特徵誇張

我們平常說的誇張多是指表情誇張、動作誇張，這裡還會對動物身體的形狀特徵進行誇張的改變。

大象的特徵之一是長長的鼻子，這裡誇張了鼻子之大。

動態誇張

動態誇張是讓動物做出那些不可能做到或者很難做到的動作，比如我們可以在畫面上表現一個嬰兒在做俯臥撐，而這在現實中是不可能發生的。

這幅畫看似很平淡，但是你也會為大象這個誇張的舉動驚訝一番吧？大象的鼻子被當做人類的手，這幅畫誇張的是鼻子的力量。

意念誇張

潛意識中特別想要實現的願望、特別想要見到的場景，還有現實中做不到的事情，都可以在畫中實現。

很多人一定也曾經夢想過擁有這樣的“魔力”——身輕如燕。圖中躺在青藤上的一隻螞蟻都把青藤壓彎了，按照常理，大象上去肯定會壓斷青藤，而在畫面中大象還是穩穩地坐著。

功能誇張

對動物本身具備的功能進行渲染和誇張，透過視覺上的震撼激發觀眾豐富的想像力。

袋鼠的口袋叫育兒袋，顧名思義是用來裝小袋鼠寶寶。畫面中袋鼠的育兒袋不但把大象裝下了，還裝了樹和花草。裝載量如此之多，承重力如此之強，著實令人佩服。是不是還可以裝下更多更重的東西呢？不要問袋鼠，問自己，如果你想再裝點什麼就畫點什麼上去吧！

1.5 錯位

錯位就是脫離原來的或應有的位置，利用空間、角度、透視等技巧產生新的視覺效果。換個位置看物體，會讓我們發現新的視角。

前後錯位

前景元素和後景元素在某個點結合，會產生新的視覺效果。

報紙上的領帶和正在看報紙的狗狗錯位，看起來好像是狗狗繫上了領帶

● 空間錯位

真實空間與虛擬空間的錯位，使人產生視錯覺，這就是空間錯位藝術。

這是電腦裡的貓還是電腦外的貓呢？是電腦裡的鳥，還是窗外的鳥飛入了電腦呢？

大小錯位

讓大型動物變小，小型動物變大，然後讓牠們在畫面中共同存在。

不再渺小的瓢蟲，不再強壯的棕熊，大小錯位之後一切又顯得那麼溫馨，讓瓢蟲就這樣帶著棕熊去旅遊。

一反常態，老鼠翻身了，貓不再得意。大大的老鼠牽著小小的貓遛彎兒去了。

● 角度錯位

當我們拿起手中的畫筆時換一個角度，藉由角度錯位形成的巧合進行繪畫創作，你會發現原來這個世界還藏著這麼多的奇妙之處。

從這個角度看，駱駝彷彿在兔子的手掌上行走

汽車好像會被鱷魚一口吞掉

1.6 共生

共生圖形指的是形與形之間共用一部分或一些輪廓線，相互借用、相互依存，以一種非常緊密的方式將多個圖形整合成一個不可分割的整體。

正負共生

正負共生圖形是以共用線為共生形，共生的圖形必須要有相同的線條，從而創造出一種和諧共生的正負圖形。這一正一負就是一剛一柔、一陰一陽，所以有的正負圖形也可以成為陰陽共生圖。

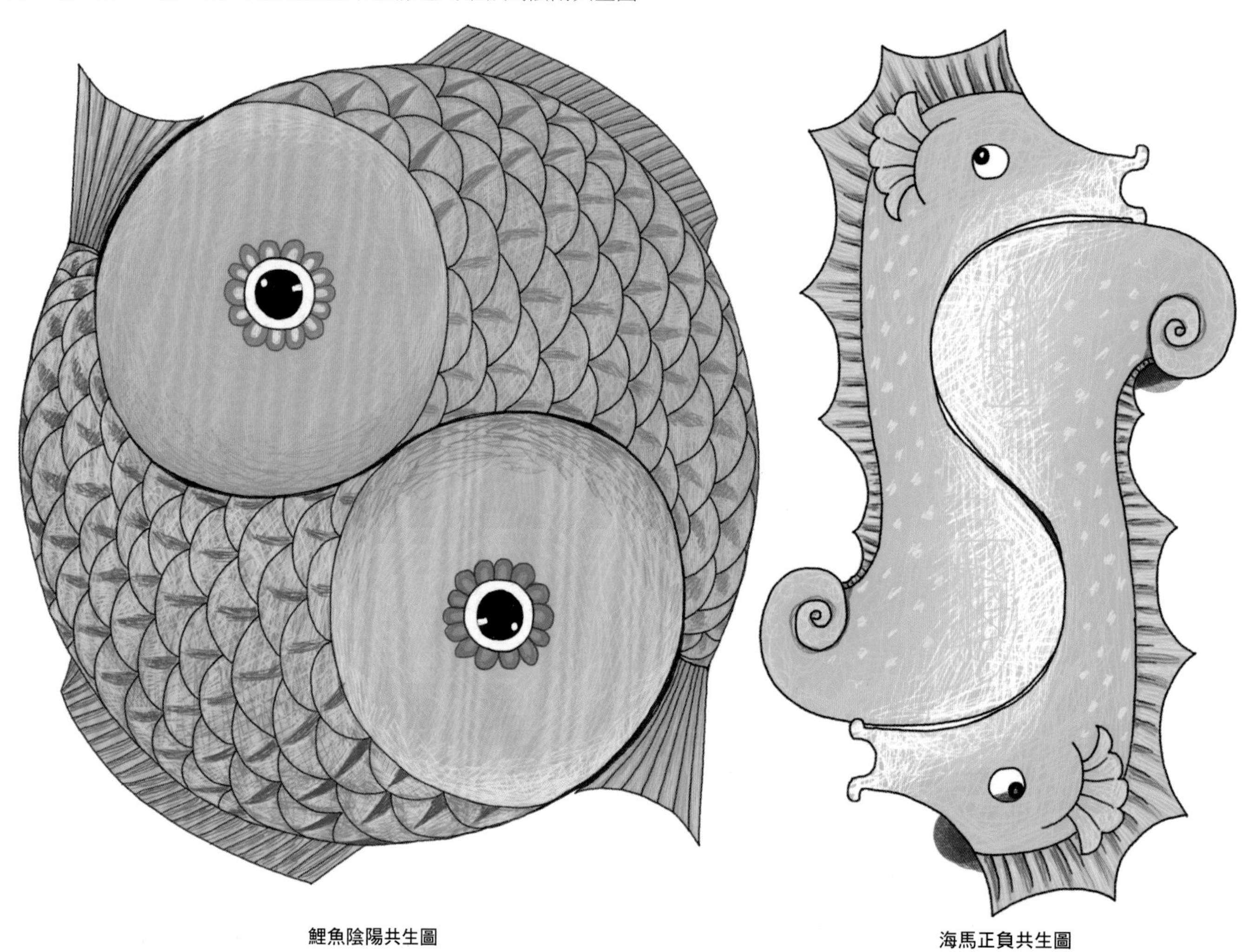

鯉魚陰陽共生圖

海馬正負共生圖

● 同構共生

同構共生圖形是用相同物體中可以共用的部分作為整個圖形的同構形並巧妙地將其疊合、簡化後組合共生圖形。這些以同構形組合共生的物體必須是同一種類，也必須有著相同的運動態勢。

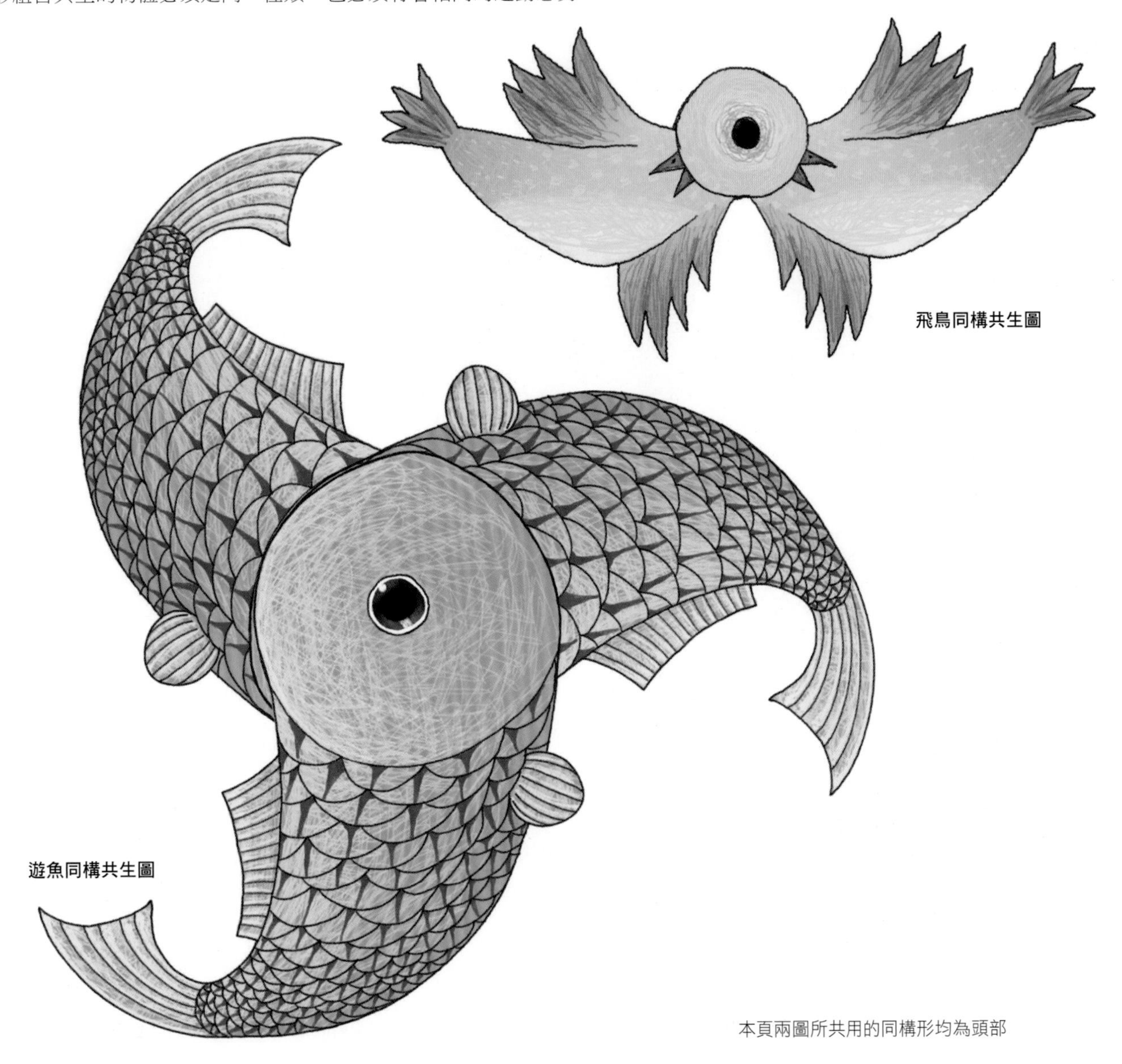

飛鳥同構共生圖

遊魚同構共生圖

本頁兩圖所共用的同構形均為頭部

● 偏旁共生

比如具有傳統意義的字符圖形“招財進寶”就是一種偏旁共生圖形，利用文字的偏旁部首將幾個字符組合共生，得出一個有意義的字符圖形。畫畫也是，借用動物身體的一個部分組合共生，便可得出新的有趣圖形。

招財進寶

貓和魚是有關聯的兩種動物，在這幅畫中，貓借用魚的一邊，魚也借用貓的一邊形成一幅新的作品

● 依意共生

依意共生即把具有吉祥含義的元素共生在一起，組合成新的圖形。這種共生含義很多來自於人類的渴求，例如將具有吉祥寓意的物體組合在一起，將動物與一些祝福語——獨佔鰲頭、連年有餘、鶴鹿同春等聯繫在一起。這些都是我們創作的寶貴素材和靈感來源。

封侯，意思是即刻就要受封爵位，做大官。其圖案主要以馬、蜂和猴組成，運用了“蜂”與“封”、“猴”與“侯”的同音以及隱喻等手法。

1.7 矛盾空間

矛盾空間並不是一個真正的空間，相對現實空間來講，它是不可能的存在，荒誕的，甚至超現實的。在空間的處理上，利用錯視的表現使我們的視覺與所觀察的形態在現實的特徵中產生矛盾。而矛盾空間圖形的特點主要表現為視覺空間的矛盾性，展示了模棱兩可的視覺效果。

● 正反矛盾

讓人說不清這是正的還是倒的。

倒立的大象和風景，配上正立著的鳥，形成一種空間矛盾的效果。

幾何錯覺

各種幾何圖形利用直線、曲線和折線在平面空間中將形體連接起來，使平面、立面產生不確定性。

讓我們來猜猜大象的腿是正方體還是圓柱體呢？

二維三維空間混合

一個圖形同時存在於兩個或兩個以上的空間中，從整體上看，它是荒誕的，是不可能的；但從不同的視角看，各種形的共存關係又是天衣無縫的。這種空間的表現形式改變了空間的連接規律，令人們對這種違反正常空間觀念的組合留下深刻的印像，具有超現實的意義。

身體在紙上，頭部已經脱離紙張，是二維還是三維呢？

● 平面矛盾

在平面構成中空間感只是一種假像，我們可以大膽地借用前輩們創作的各種平面矛盾圖形進行二度創作。

三個長方體組合成一個三角形，單獨看似乎是在一個平面上，連接起來看又是一個立體的空間。

1.8 拔、切、拉、壓

對動物形體進行拔、切、拉、壓是最基本的變形手法。

拔高

選擇動物的一個部位並有意拔高，讓這個動物看起來更高。

長頸鹿本來就挺長的脖子，經過拔高後被誇張了。透過在長頸鹿長長的脖子上套上白雲，暗示觀者“長頸鹿的脖子被拔得好高啊，已經直衝雲霄了”

● 切短

即選擇動物身體的任意一個部位或者多個部位進行切短（縮短）處理，使動物具有 Q 版漫畫的造型。

大象　肥貓　鱷魚　長頸鹿　獅子　犀牛

拉寬

將一隻比例正常的動物左右拉寬。可以整體拉寬，也可以局部拉寬。

被拉寬後的熊顯得更加強壯

被拉寬後的豬豬顯得更加肥碩

● 擠壓

將一隻比例正常的動物以一條中心線為準左右擠壓。可以整體擠壓，也可以局部擠壓。

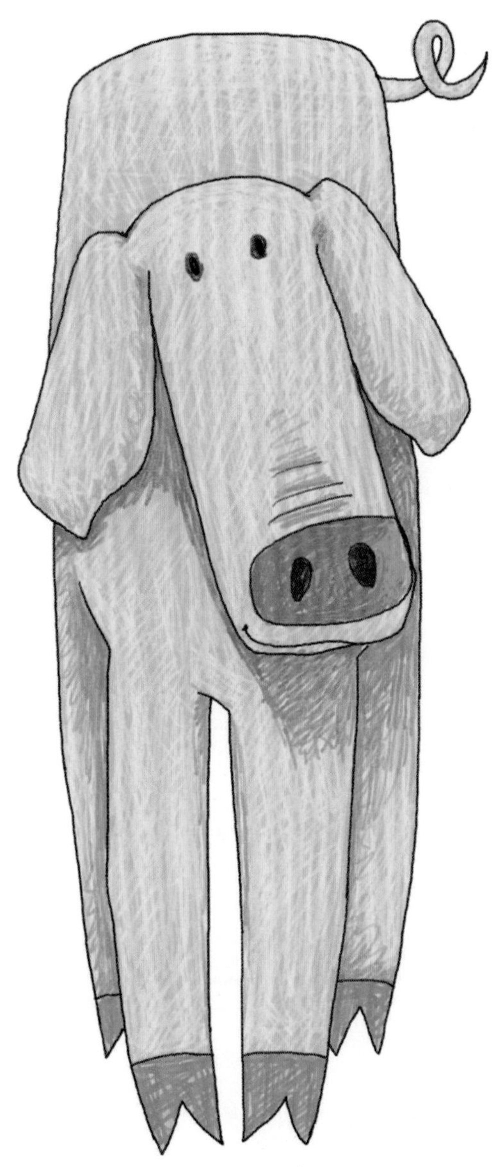

被壓扁後的豬豬顯得非常瘦弱

被壓扁後的熊顯得非常精瘦

魚眼

魚眼是攝影的一種效果，魚眼鏡頭屬於超廣角鏡頭中的一種特殊鏡頭，它的視角力求達到或超出人眼所能看到的範圍。因此，魚眼鏡頭中的影像與人們眼中的真實世界存在很大的差異，創作時可以借用這種攝影效果繪製出“魚眼”變形效果的插畫，使畫面具有視覺衝擊力。

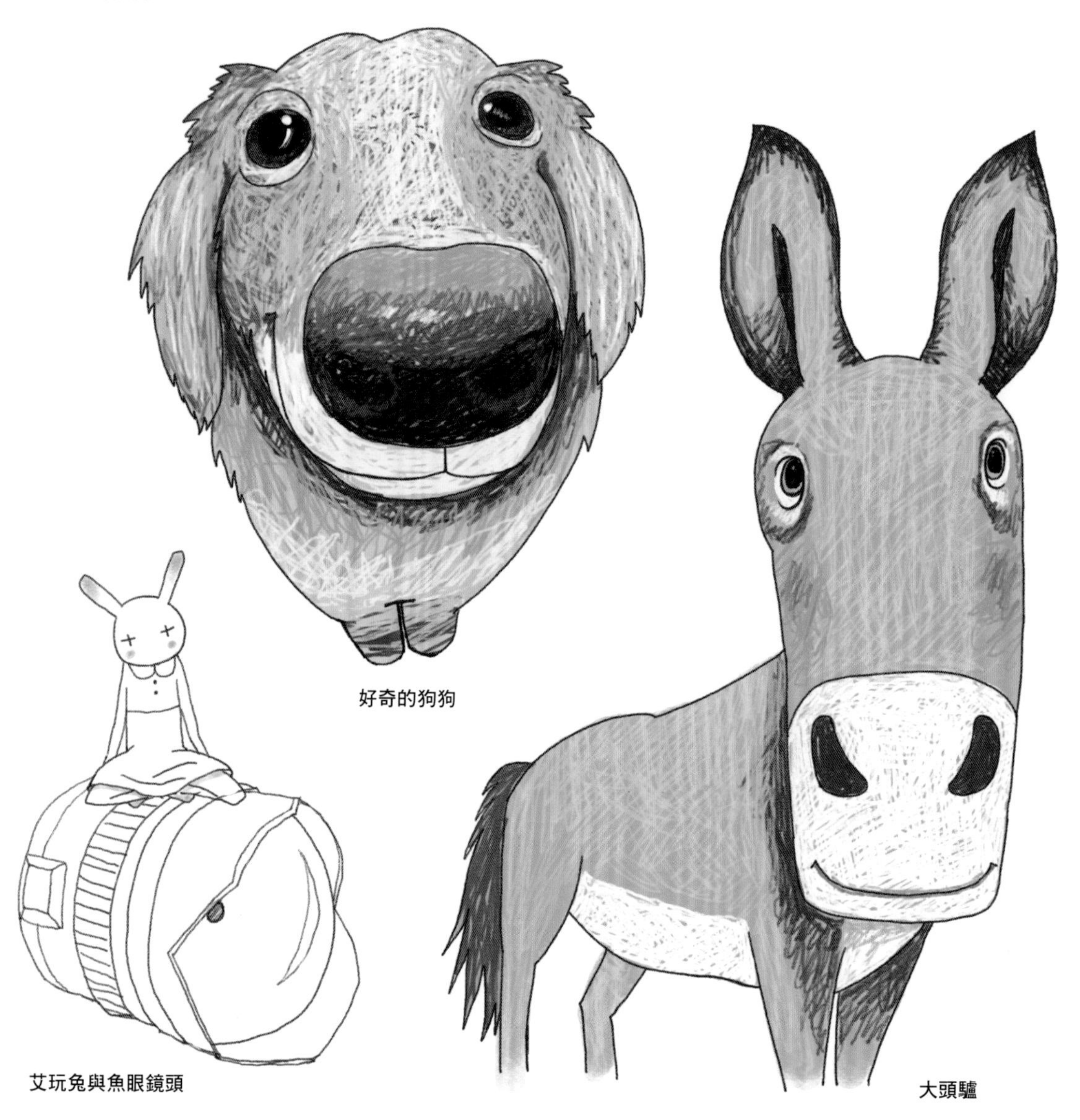

好奇的狗狗

艾玩兔與魚眼鏡頭

大頭驢

● 鼓起

好比讓一個乾癟的氣球鼓起來，或者把已經鼓起的氣球變得更加鼓。

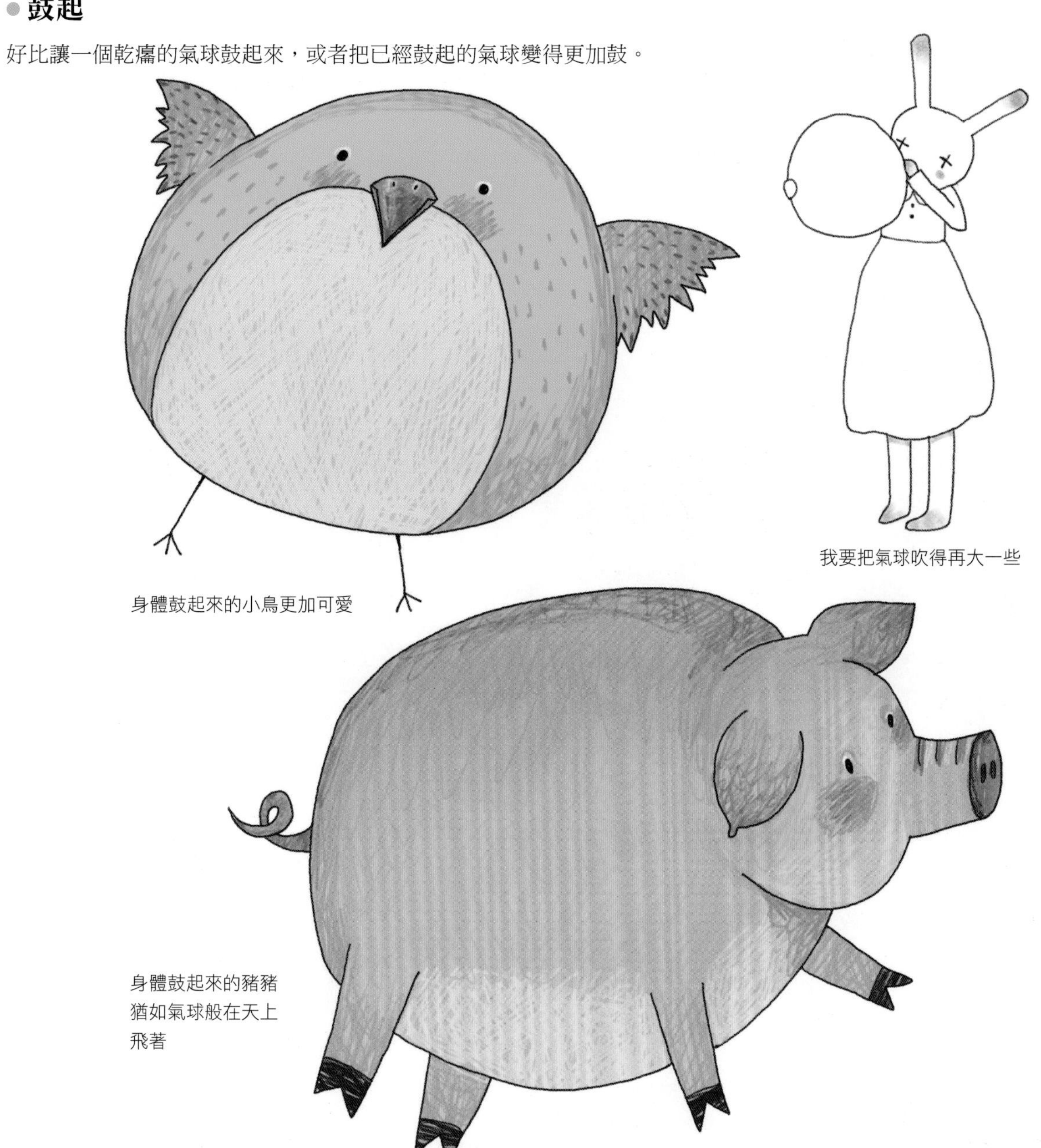

我要把氣球吹得再大一些

身體鼓起來的小鳥更加可愛

身體鼓起來的豬豬猶如氣球般在天上飛著

1.9 裝飾化

這裡的裝飾是指對動物進行藝術加工的手法。裝飾的風格和手法很多，但必須與所裝飾的動物相互融合，成為和諧、統一的整體，以豐富藝術形象增強藝術表現力。

● 造型裝飾

透過裝飾，讓動物的造型具備裝飾感，或中國風、或歐美風、或傳統風、或現代風。在造型的時候可以有意識地將造型紋樣化，比如帶狀紋樣、網狀紋樣等。

經過造型裝飾的公雞

● 色彩裝飾

透過在動物身上塗上不同的色彩，以凸顯個性。這個色彩可以不是物體本身的固有色，而是根據審美需要，對色彩進行多種藝術處理和加工，從而達到自己想要的色彩效果。

色彩單一的海馬變身為五彩繽紛的海馬

● 填充圖畫

在動物的身體輪廓內填充圖畫內容，相當於在既定的形狀區域內進行圖畫設計。可以採用寫實圖畫、變形圖畫、具像圖畫、抽像圖畫等，創作時根據設定的主題選擇要填充的圖畫內容即可。

在大象的身體輪廓中畫了月亮、樹林和房子，給人感覺像是一隻大象在樹林中行走。

● 圖案裝飾

在動物的身上進行圖案裝飾，可以是植物圖案、動物圖案、人物圖案、風景圖案、器物圖案、文字圖案、幾何圖案以及由多種題材組合的圖案。

添加裝飾圖案後，大象也具有了裝飾效果。

2 動物擬人

所謂動物擬人，即賦予動物以人類的行為特點，生動形象地表達出創作者的情感，讓觀者感受到動物的活潑，使插畫作品更加生動有趣。

2.1 讓動物擁有人的臉型與表情

人類有喜怒哀樂豐富的表情，而動物一般沒有那麼多的表情，但我們可以賦予牠們人的表情。為了更加擬人化，動物也一樣能擁有人類的臉型。

動物表情

前面章節提到過表情的繪製，在這裡做一個延伸，讓動物的面部表情更加豐富。

從人的表情到動物表情

人的表情非常豐富，我們只要抓住人的表情特徵，然後再將其運用到動物繪製中，就會發現人能做到的，動物也能做到哦！

生氣的表情

生氣的表情

微笑的表情

微笑的表情

害羞的表情

害羞的表情

人的臉型圖

根據人的臉型特點，一般可以分為 8 種類型:(1) 杏仁形臉型;(2) 卵圓形臉型;(3) 圓形臉型;(4) 長圓形臉型;(5) 方形臉型;(6) 長方形臉型;(7) 菱形臉型 ;(8) 三角形臉型。為什麼會提到人的臉型呢？答案在下一頁。

圓形臉

倒三角形臉

方形臉（國字臉）

長圓形臉

三角形臉

菱形臉

人的臉型與動物臉型對比

我們把人的臉型規律運用到動物的臉型上，也別有一番風味。本頁將三種臉型圖演變到動物臉上，你也試試將上頁中人物的其他臉型都演變出來吧。

方形臉（國字臉） 方形臉（國字臉）

倒三角形臉 倒三角形臉

圓形臉 圓形臉

2.2　讓動物穿上衣服

天氣冷的時候，我們也會給自己的小寵物們穿上禦寒衣物，現在就拿起畫筆給你喜歡的動物畫一套衣服吧。

每一種動物本身都具有一種氣質。為什麼會選擇給小兔子穿上公主服呢？因為兔子本身就很可愛，討人喜歡，有著女性般的優雅之美。

● 優雅的小兔公主──公主服

浪漫的棕熊──西裝

如果說兔子比較溫柔，那麼熊給人的第一印象則比較陽剛。西服是男性服裝的代表之一，一位“西裝革履”的棕熊紳士就出現了。

道具

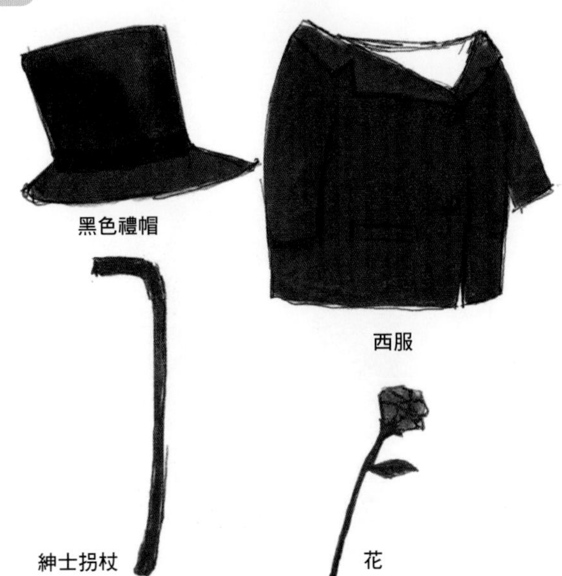

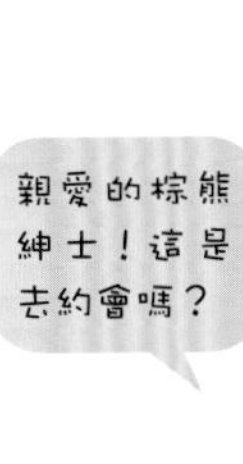

小老鼠——童裝秀

小老鼠給人一種淘氣的感覺，所以給他搭配上小男孩的服飾，凸顯出活潑、可愛的兒童個性！瞧瞧，多麼清新、帥氣啊！

道具

綠色 T 恤

牛仔褲

運動鞋

● 黃牛──印第安服裝

牛看起來比較強壯，野性十足，有著不屈不撓的性格，所以讓牛穿上印第安風格的服飾試試看吧。

道具

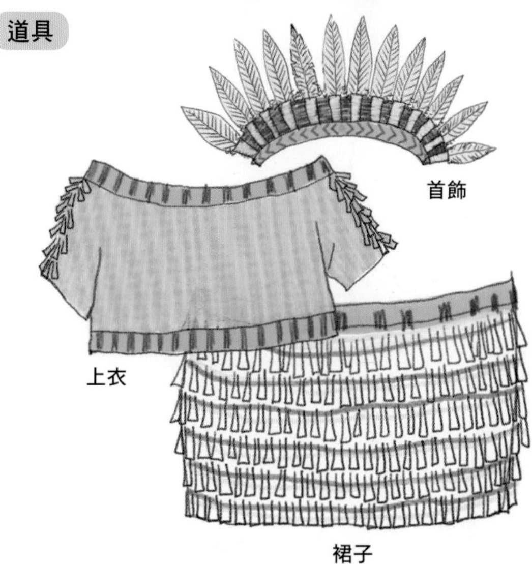

2.3　讓動物擁有人的運動技能

運動技能不是人的簡單動作，而是生活或工作中所需要的能力。如果動物具備了人類的某項運動技能，畫面看起來就會更生動。

小豬給人一種憨憨笨笨的感覺，在插畫中可以反其道而行之，讓一個看似做不了花式體操的小豬來完成花式體操的動作。

● 花式體操愛好者

道具

● 騎滑板車

在社區廣場上經常會看到有孩子在騎滑板車。如果讓小豬也擁有這項運動技能會呈現出怎樣的風采呢？

道具

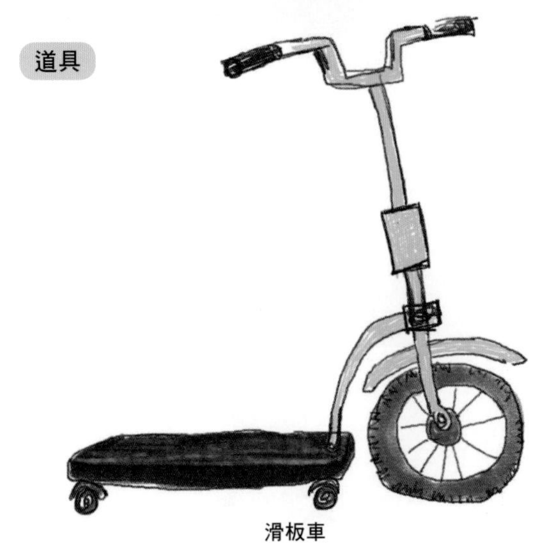

滑板車

●喝飲料的松鼠

松鼠很可愛，手也很巧，現實生活中我們會看到松鼠吃松果時會抱著吃，這裡我們把牠手裡的松果替換成杯子吧。

道具

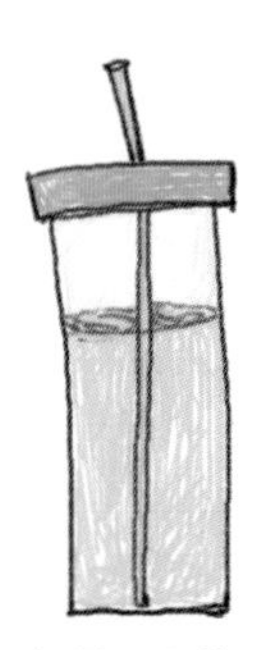

杯子＋吸管

● 打傘的藍色小老鼠

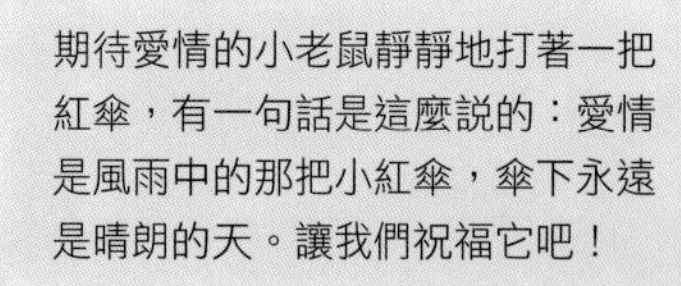

期待愛情的小老鼠靜靜地打著一把紅傘，有一句話是這麼說的：愛情是風雨中的那把小紅傘，傘下永遠是晴朗的天。讓我們祝福它吧！

道具

傘

2.4　讓動物獲得人類的職業技能

人類的職業很多，如果讓動物獲得人類的職業技能會不會很好玩呢？

● 小小提琴演奏家

小提琴的特點在於其能夠發出具有穿透力的聲音，但也要求演奏者有高超的演奏技巧和豐富的表現力。因而小提琴又被稱作樂器中的女王。

道具

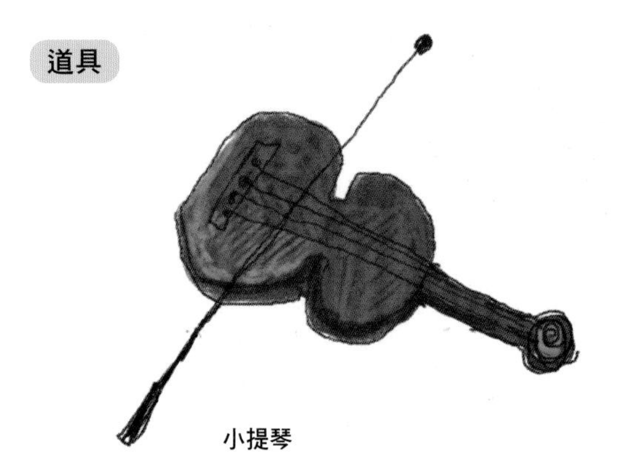

小提琴

● 我是大廚

廚師帽，也就是廚師常戴的帽子。在廚師界，廚師帽是一種標誌，手藝越高的人戴的帽子就越高。

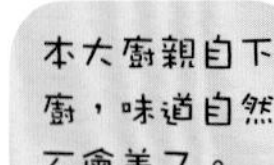

廚師帽

鍋鏟

● 實習醫生貓頭鷹

森林醫生這個職業似乎啄木鳥更能勝任，但我們可以給貓頭鷹一個機會。瞧瞧，給貓頭鷹一個聽診器，也一樣有醫生的風範。

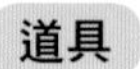

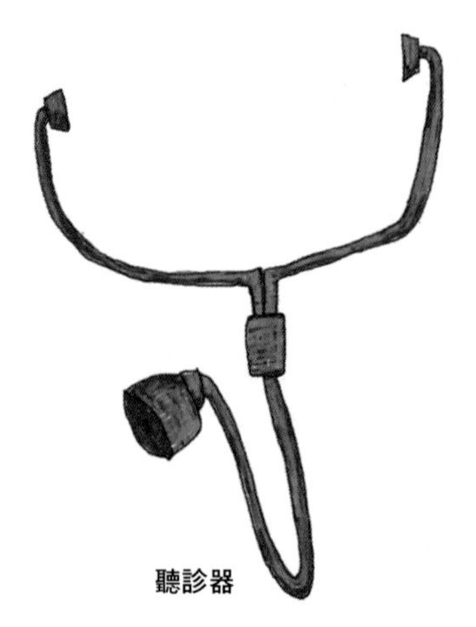

聽診器

森林警察——黃貓

《黑貓警長》是經典的動畫片中的角色。貓做警察本身就非常適合，給牠戴上警帽和皮帶，黃貓警察的形象躍然紙上。

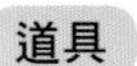

警帽

腰帶

3 讓不可能成為可能

在動物身上加入一點小小的創意，就可以化腐朽為神奇，讓原本看似普通的畫面變身為不可思議的動物插畫作品。

3.1 無中生有，錦上添花

創意即為有創新意義的想法。想要創新，就不能墨守成規。好的創意可為整幅畫錦上添花，甚至“無中生有”，讓本身沒有的出現了，讓不可能存在地方存在了…。

創意法則一：讓強者更強
老虎本來就很威猛，再給牠添一對翅膀就變得更加厲害了。

● 會飛的老虎

老虎

道具

翅膀

善游的鯊魚

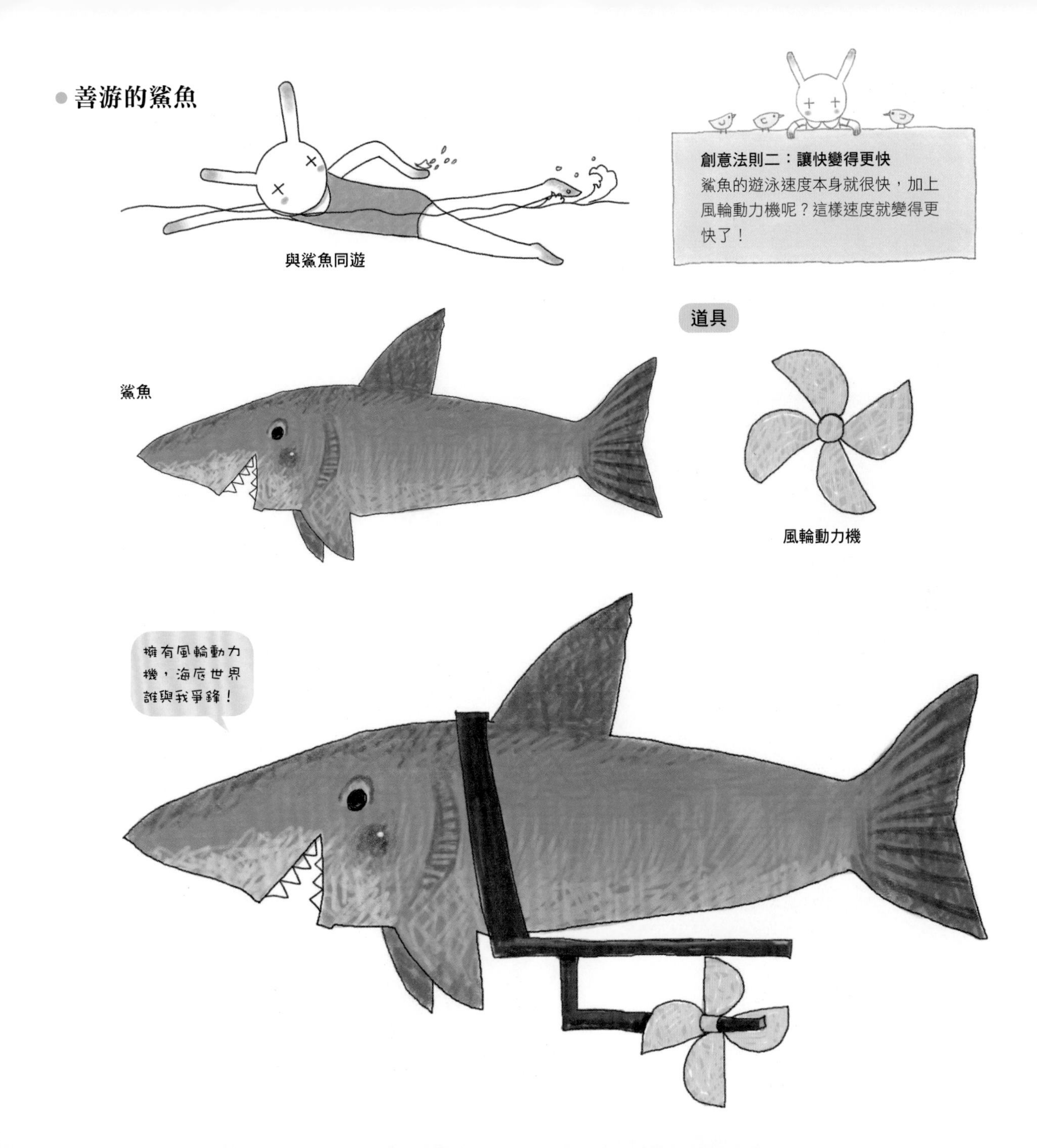
與鯊魚同遊
創意法則二：讓快變得更快
鯊魚的遊泳速度本身就很快，加上風輪動力機呢？這樣速度就變得更快了！
道具
鯊魚
風輪動力機
擁有風輪動力機，海底世界誰與我爭鋒！

● 會跑的烏龜

重溫經典，龜兔賽跑

創意法則三：讓弱項變強項
烏龜爬行速度很慢，給烏龜裝上滑輪，讓其成為滑輪選手，讓弱項通過創意變成強項！

烏龜

道具

滑輪

有了滑輪，從此龜速不是慢的代名詞。

會跳的大象

創意法則四：讓不能變超能

大象本不會跳躍，讓牠穿上彈簧鞋後，原本不能完成的動作透過創意就能輕而易舉完成了。

大象

道具

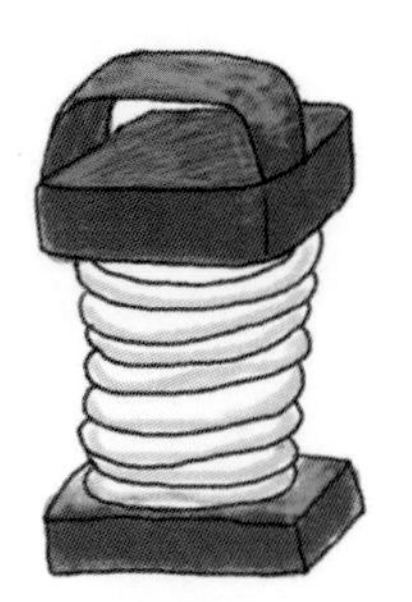

彈簧鞋

多功能蜘蛛

創意法則五：單一功能變多功能
蜘蛛的“手”已經不僅僅具備一種功能，它們可以開紅酒、開啤酒、擰螺絲等。

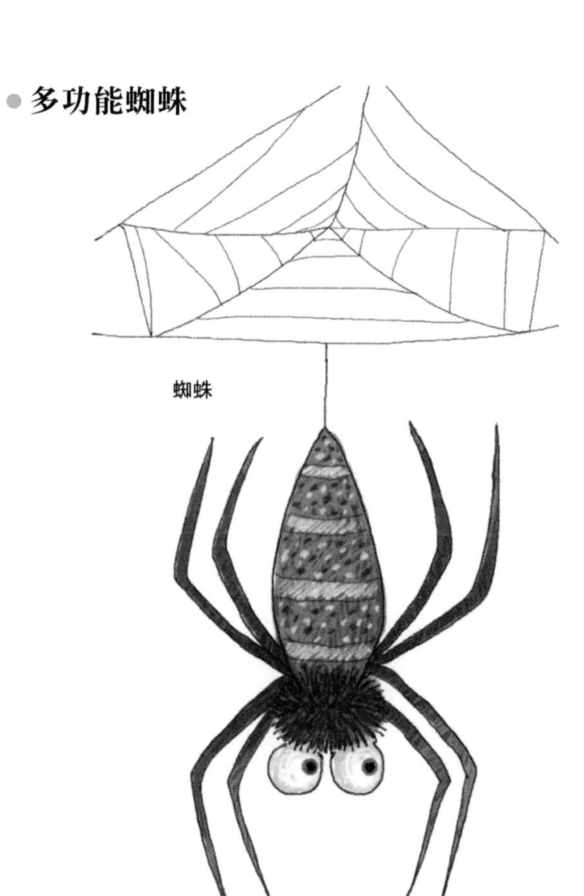

蜘蛛

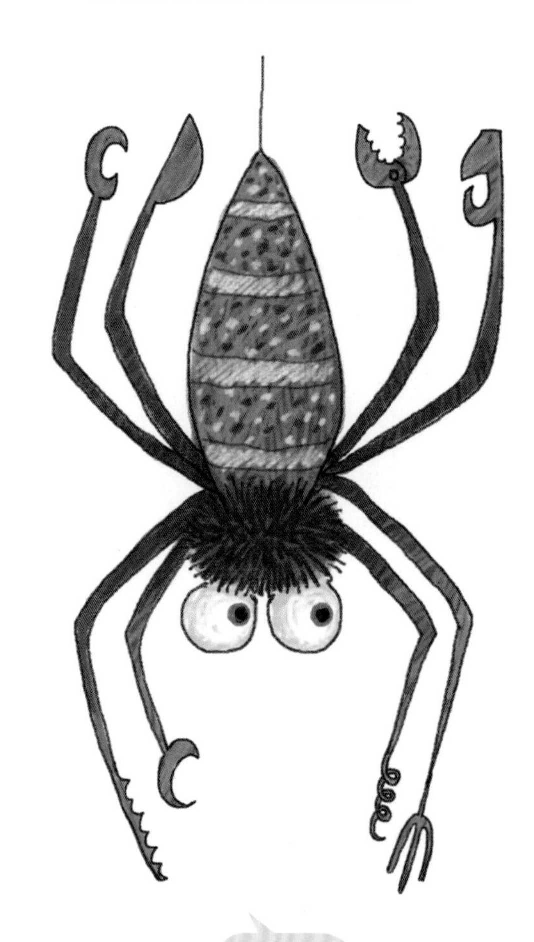

多功能蜘蛛誕生了！

道具

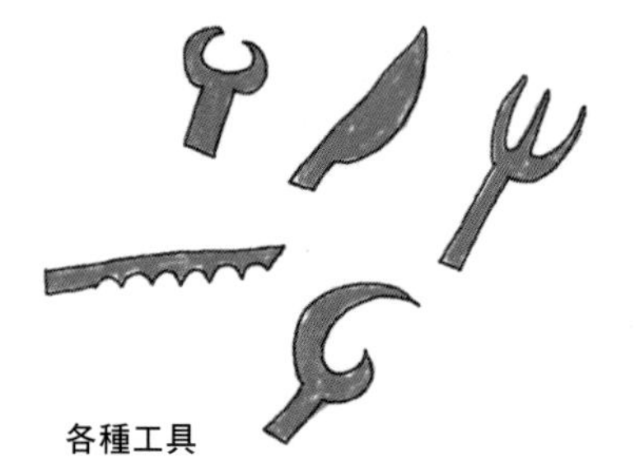

各種工具

蝸牛媽媽

創意法則六：無中生有
蝸牛本身沒有手，為了讓牠完成織毛衣這個動作，可為牠畫上一雙手，用擬人的手法使畫面更顯親切。

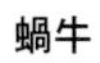
蝸牛

道具

毛衣

杯中狗

來喝杯咖啡吧

創意法則七：靜中有動，動靜結合
圖例中的杯子是靜物，不會動，我們可以做加法，加入活蹦亂跳的可愛動物，畫面就生動起來了。

杯子

道具

小黃狗

呼之欲出的小黃狗

● 公雞的生活

創意法則八：景物相融，畫中有畫
通俗一點說，就是在動物的身體上繪製風景或裝飾物，讓風景與動物融為一體。

公雞

帶著風景去旅行的公雞

風景

3.2　透過組合使其成為動物界的變形金剛

組合本身就是一種創新，我們可以透過以下方法創作出更多的形象。

創意法則一：幾何構造，相互搭配
透過不同的幾何圖形相互之間的搭配，創作出不同造型的作品。

幾何 + 幾何組合

將不同的幾何圖形拼裝，搭配出動物的造型。

動物 + 動物組合

在多個動物中選取每種動物的某個部分，透過再創作以及拼接組合，得到新的動物。

創意法則二：各取其一，重新組合
多種動物中，我們可以選取每種動物的某個局部，再重新組合，便得到了充滿創意的動物形象。

組合後的效果

動物 + 人物組合

將動物的某個部分與人類的某個部分組合，試試看能得到怎樣的效果。

創意法則三：物人結合，和諧有趣

人物 + 動物的組合可以是動物的頭、人物的身，也可以是動物的身子與人物的身體相結合等。

小貓

小女孩

組合後的效果

動物 + 物品組合

將動物與其他無生命的物品相結合。

創意法則四：物物相融，物我兩忘
我們可以選用有功能或者外形有關聯的動物和物品結合，這樣的結合既在意料之中也在意料之外。

螳螂

汽車

組合後的效果

3.3　動物也可以玩穿越

穿越並不侷限於回到過去、穿越到異時空，也並不僅侷限於物種之間，還有可能穿越到猶如魔術般令人驚奇的場景⋯。

角色穿越

讓一種動物穿越到另外一個族群中去並扮演這個族群中的角色。比如動物擁有不同人物的不同技能，能夠使用不同工具，扮演著不同身份的人類。

上學讀書本來是人類的一種行為，讓動物穿越到人類中，像小朋友一樣背著書包去上學。動物們用上了人類的道具，過上了人類的生活。

● 太空穿越

讓原本生活在陸地或者海洋中的動物進入太空，給人以科幻的感覺。

從海底到太空，海獅也玩起了穿越，進入太空遨遊。利用氧氣瓶這個元素讓這樣的穿越出人意料又合乎情理。

傳說穿越

讓只有在傳說中才存在的動物合理地出現在畫面中，或者讓現實中存在的動物穿越到傳說世界裡。

傳說中的動物與現實的人在一起。這是傳說中的龍穿越到了現實世界呢，還是現實世界的人穿越到傳說中了呢？

● 場景穿越

讓原本不可能同時存在的場景同時存在於一個畫面中。

不同場景在同一畫面中出現，巫師在獅子的頭上跳躍，而巫師的帽子上又是一片草原，草原的盡頭是天空還是樹林呢？這種穿越讓人一時分不清置身於哪個空間。

像孩子一樣天馬行空地畫畫

如果職業畫家還能“像孩子一樣作畫”，那就是一種境界。如果達不到這個境界，向孩子們學習造型和創意也不失為提升自己插畫水平的一種方式。

無拘無束地畫畫本身就是一種創意

兒童畫從表面看來是不講什麼技法的，不講“畫理”、“畫法”，逾越了透視、解剖、構圖等常規。在造型上，兒童畫常常不按物體的實際比例進行描繪，在表現形式方面，如造型、色彩、構圖等，也有其自己的特點。想到什麼就畫什麼，想怎麼畫就怎麼畫。

一旦我們掌握了兒童的藝術語言，在進行藝插畫創作的時候，便會帶來一種全新的視覺感受以及全新的畫風。

鳥，沒有透視

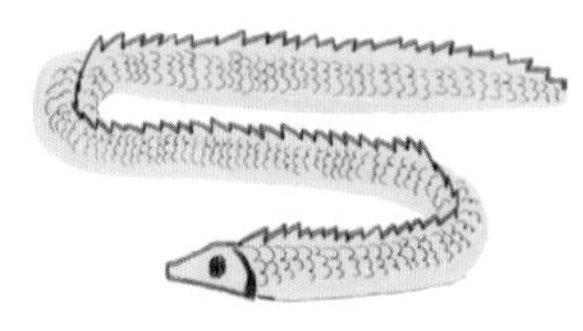

帶魚，只是把身子畫得長長的

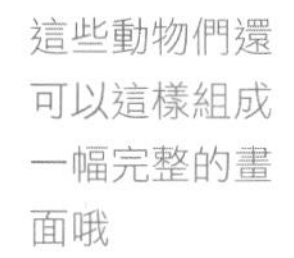

這些動物們還可以這樣組成一幅完整的畫面哦

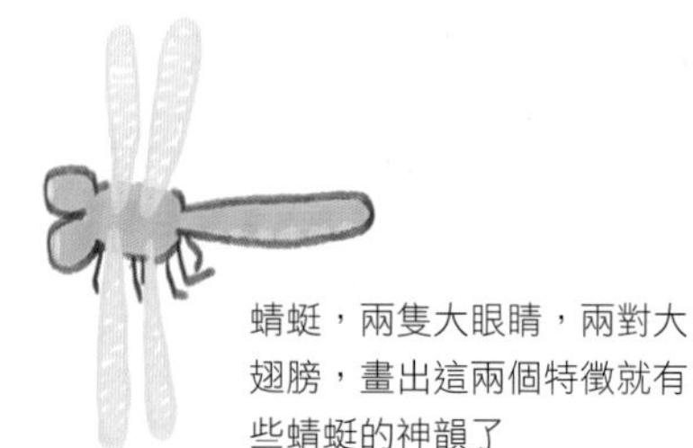

蜻蜓，兩隻大眼睛，兩對大翅膀，畫出這兩個特徵就有些蜻蜓的神韻了

乳牛，斑紋的顏色變了

乳牛，注意繪製乳牛的斑紋

刺蝟，改變刺蝟的顏色，保留了身上的刺

春天的小花和小動物們

利用左頁中的動物，組成一幅完整插畫吧！我是這樣做的，如果是你，你會怎麼組織畫面呢？

講神似而不求形似

兒童畫在表現形式方面，如造型、色彩、構圖等，也有其自己的特點。兒童們畫的畫一般都是自己的直觀感受，帶有強烈的感情色彩。這個階段往往眼到手未到，也許就是因為這樣，才會有一種童趣、稚氣的效果，介於像與不像之間，講究神似而不求形似。

兒童筆下的形象往往與實物有很大差距，他們沒有從物體的外貌上追求形體的透視、比例，畫自己所畫的，卻能得到意外的效果。

熊不彪悍而多了一些笨拙

沒有老虎的霸氣，多了一分淘氣

老鼠不再渺小

這些動物們還可以這樣組織成一幅完整的畫面哦

狗狗的尾巴會打卷

獅子的頭好像太陽一樣

請小熊來敲我的門

左頁中的動物們動作沒有太多，動作也不是很靈活，怎麼辦呢？試試疊羅漢的方法吧。

專題

動物七十二變，萬變不離其宗

這個專題以兔子為例，分別從動物的外形、性格和裝飾上來講解動物外形的變化。不管形式上怎麼變，其本質不會變。

讓兔子擁有多種外形

動物的外在形狀，如尖的、圓的、方的等等，不管外形和外貌特徵怎麼變，依舊還是兔子。

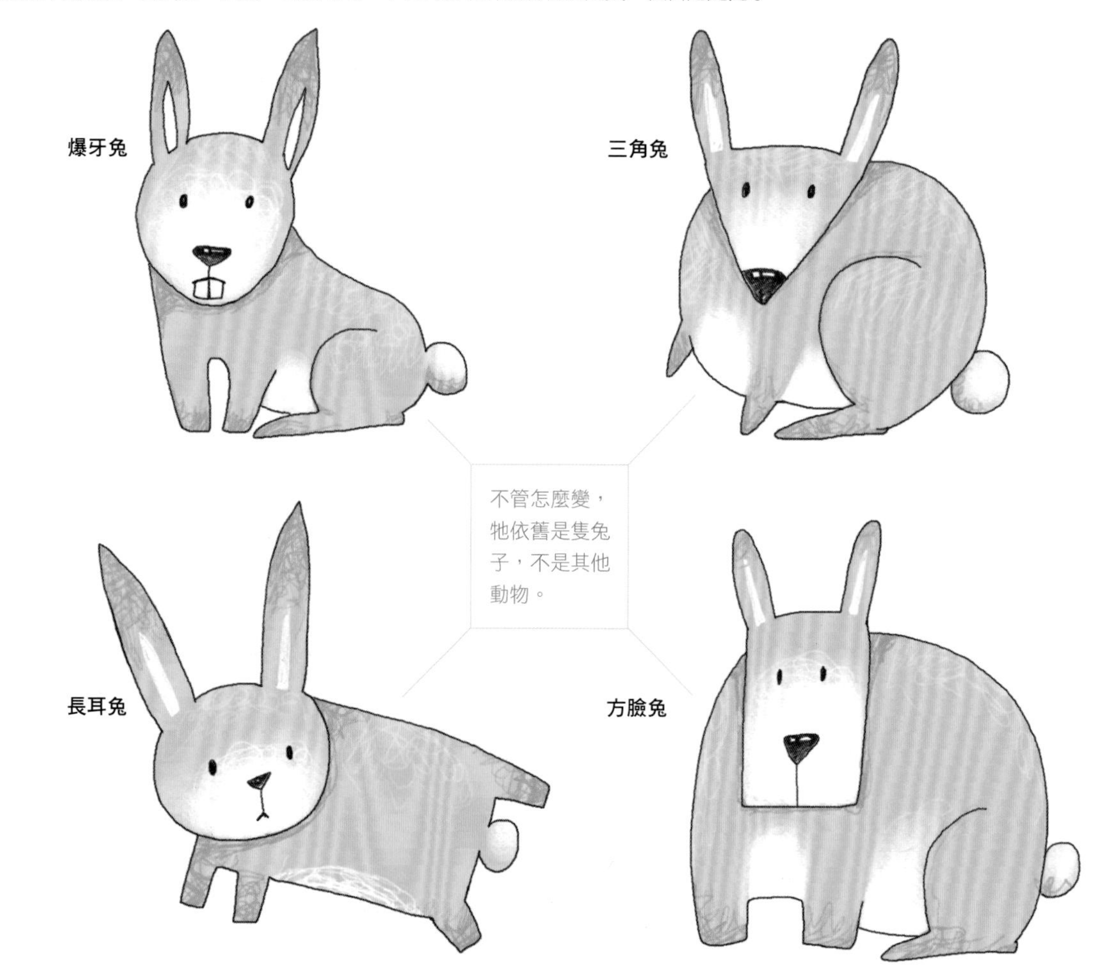

讓兔子擁有多種性格

每一種動物都有性格，同一種動物也會有著不同的性格。我們可以利用動作、道具等來改變牠們的性格。但不管性格怎麼變，牠必須還是一隻兔子。

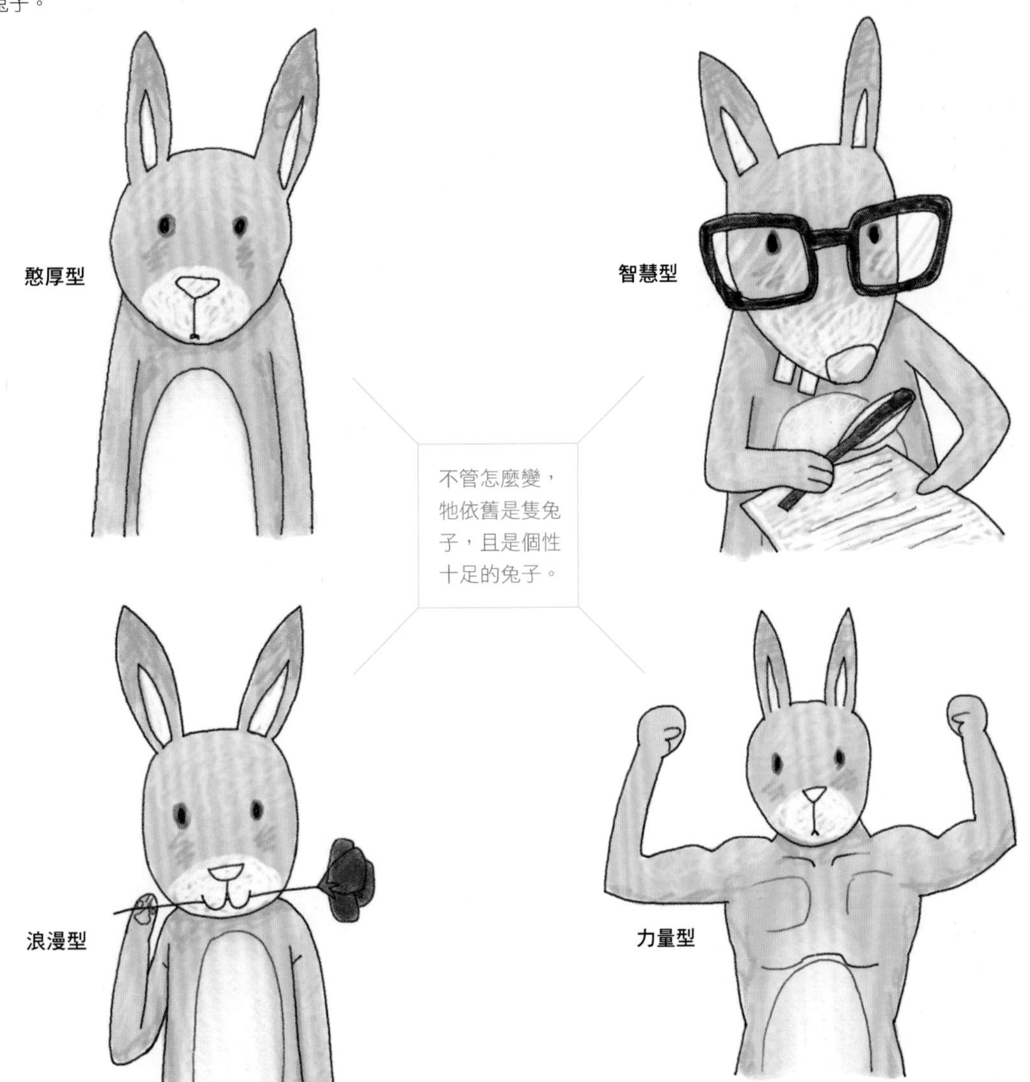

讓兔子擁有多種裝飾

無論外在的裝飾怎麼變，牠還是兔子，就好比人不管穿什麼類型、什麼圖案款式的衣服，人還是那個人。動物也是這樣。發生改變的是裝飾，不變的是兔子。

做事也好，畫畫也好，都是循序漸進的過程。創作一幅完整的動物主題畫時，應從簡單的構圖開始學起，逐漸過渡到複雜的構圖。我們要嘗試組合場景，讓動物不再孤立地存在，營造出畫面氛圍，讓動物成為畫面真正的主角。

Chapter 6 如何創作一幅完整的動物主題畫？

1 構圖決定成敗

創作本無定法，所謂“插畫構圖”是人們根據成功作品歸納總結出的構圖方法。也許有些圖例略微牽強，但無論如何，構圖理論有一定的實踐指導意義，尤其是對於初學者，多借鑒別人成功的經驗，將有助於提昇自己的繪畫構圖水準。

1.1 水平構圖

水平構圖具有平靜、安寧、舒適、穩定等特點，給人一種平衡感，常用於表現平靜如鏡的湖面、微波蕩漾的水面、一望無際的平川、廣闊平坦的原野、遼闊無垠的草原等。

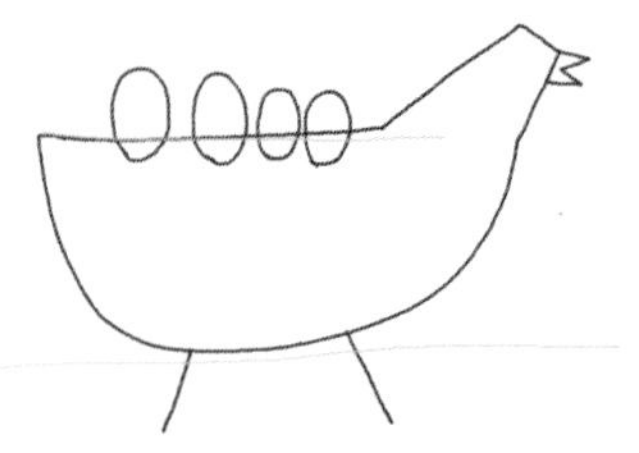

地面是水平線，母雞身上的四隻小動物也處在一條近乎水平的線上

1.2　垂直構圖

垂直構圖能充分表現景物的高大和縱深，常用於表現參天大樹、險峻的山石、飛瀉的瀑布、摩天大樓等。單純的豎線條很容易使畫面顯得呆板，所以在構圖時，可以結合一些斜線使畫面豐富起來。

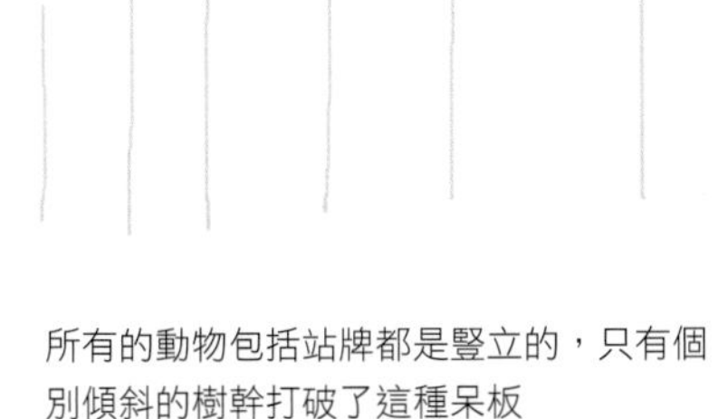

所有的動物包括站牌都是豎立的，只有個別傾斜的樹幹打破了這種呆板

1.3 對角線構圖

對角線比水平線、垂直線要靈活，對角線構圖是最基本的經典構圖方式之一。在對角線構圖的運用中，有一個方向的對角線上的繪畫內容明確，另一個方向會形成一個隱約的對應關係，整個畫面主次分明。把主題安排在對角線上，能有效地利用畫面對角線的長度，同時也能表現出配角與主角之間的關係，畫面活潑，富有動感，透過吸引人的視線達到突出主體的效果。

長頸鹿從右下角出發，向另外一個對角延伸

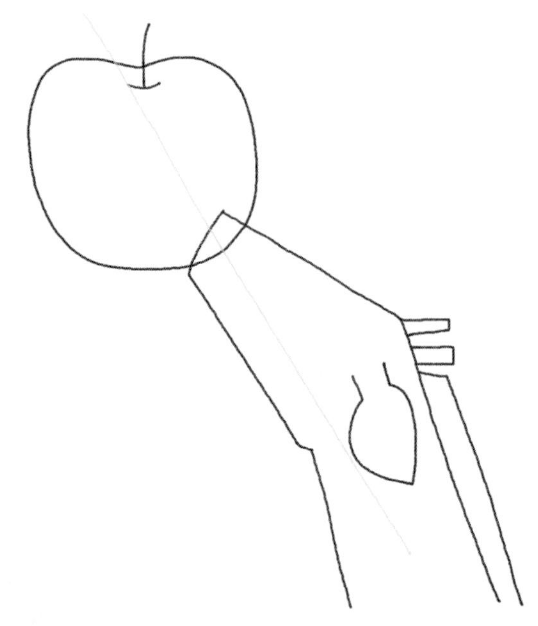

1.4　S 形構圖

S 形構圖是指畫面中的元素，無論是背景還是人物，呈現出彎曲的狀態。這種構圖可以改變原本生硬的構圖，使畫面給人一種柔美的感覺。在動物插畫中，構圖方式分為場景、背景的 S 形構圖（比如河流、小溪、曲徑）和動物姿態的 S 形構圖（比如蛇、蚯蚓、帶魚）兩種。它們各有不同的效果，前者突出畫面的流動性，增強畫面美感；而後者則主要以突出動物自身的身體線條為主，令畫面更加生動。

路是 S 形，有一種曲徑通幽的意境美

1.5 V 形構圖

V 形構圖是最富有變化的構圖方法之一，其主要的構圖特點在於方向的安排上。畫面中的主體或倒放，或橫放，但不管怎麼放，其交點必須是向中心。單用 V 形時畫面容易顯得不穩定，而 V 形雙用則可以產生質的變化，不但具有了向心力，而且使畫面的穩定感得到提升。正 V 形構圖一般用在前景中，作為前景的框式結構來突出主體。

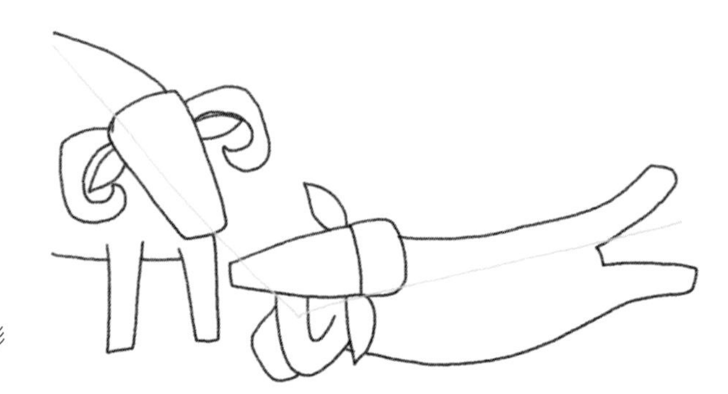

兩隻羊形成一個 V 形

1.6　三角形構圖

三角形構圖是傳統構圖形式之一，它具有堅固、持久、穩定、可靠的特性。這種三角形可以是正三角形，也可以是斜三角或倒三角。其中斜三角較為常用，也較為靈活。倒三角構圖給人不安定的感覺，因而適合奔放的構圖。在構圖時要根據自己的需要選擇不同形狀的三角形來傳達主題。

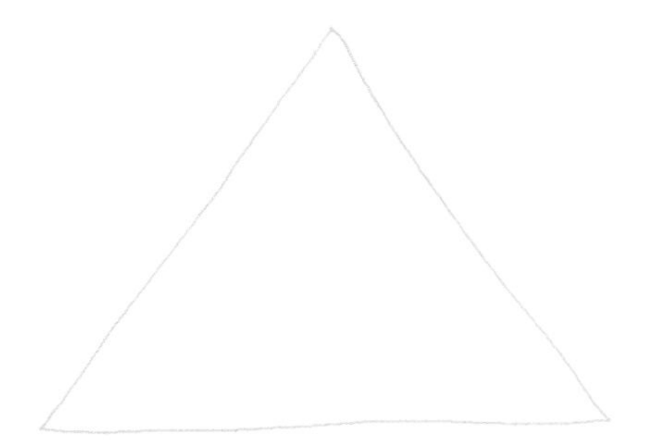

公雞、母雞和雞蛋形成一個穩定的正三角形

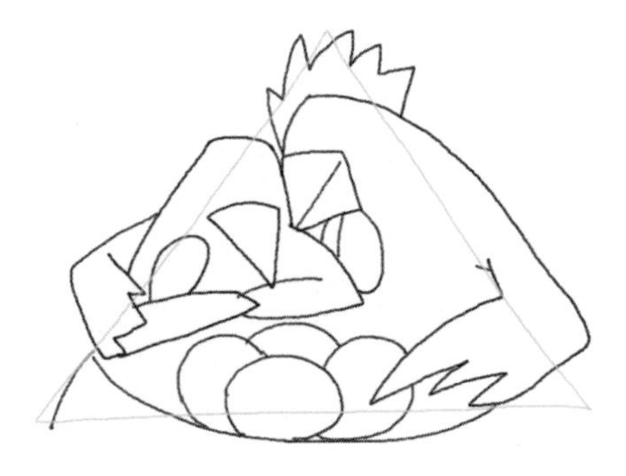

1.7 橢圓形構圖

橢圓形構圖給人以強烈的整體感，並能產生旋轉、運動、收縮等視覺效果。橢圓形構圖因畫面的視覺中心比較集中而容易顯得單調，所以如果想打破這種單調，可以在橢圓形之外加一些輔助圖形以豐富畫面。

河馬的頭部本身就近似於橢圓形

1.8 L 形構圖

L 形構圖是指畫面中主要的框架結構形似於字母 L 的構圖形式。"L" 由垂直線與水平線交匯而成，給人穩定、平衡、安靜的感覺。用類似於 L 形的線條或色塊將需要強調的主體環繞、架框起來，可以起到突出主體的作用。在繪畫中如果主體元素不能形成 L 形構圖，我們可以利用場景、輔助元素等結構形狀來構成 L 形。

樹和地面以及動物和地面均形成了 L 形

2 嘗試組合場景，讓動物不再孤立存在

一幅畫不是眾多物件簡單拼湊組合而成的，也不是出現一隻貓就畫一隻貓，而是將它們有選擇性地放到一起，協調得猶如能產生魔力一般，我想這就是繪畫組合再創作的神奇之處。

2.1 從最簡單的靜物組合開始

先從身邊容易見到的素材加上一種動物進行創作，有了場景和道具，動物就不再孤立存在，成為這個環境中的一部分。

構圖一

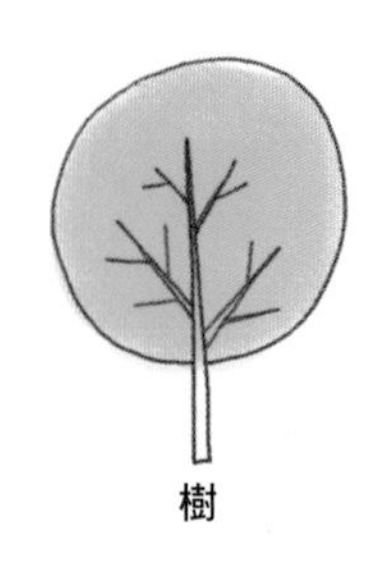

樹

花

雲朵

蜜蜂

一隻蜜蜂飛過了樹林後飛到了花朵旁

構圖二

水杯

草

西瓜

螞蟻

螞蟻爬到了放在草地的水杯上

構圖三

根據身邊的素材，再以自己預想的主題對元素進行取捨，選好元素後，對它們的大小動作進行新的編排，從而產生一幅新的作品。

花朵上的螞蟻

螞蟻悠閒地躺在花朵上，讓一向勤勞的蜜蜂好生羡慕啊！

這幅畫讓靜物不再是單純的景物而是一種創意的道具，這種非現實的畫面讓人感到不可思議的同時，也感受到了繪畫的趣味性

2.2 讓組合更豐富

構圖一

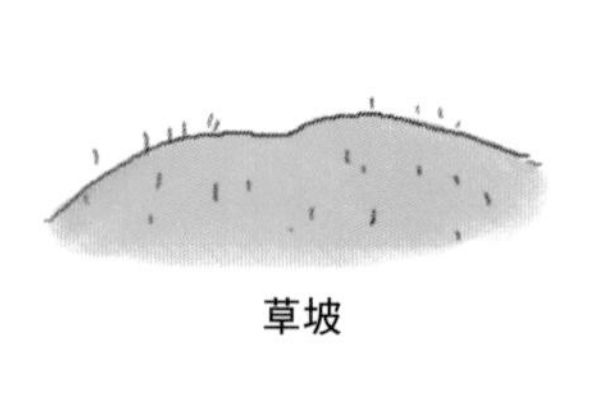

草坡

貓

報紙

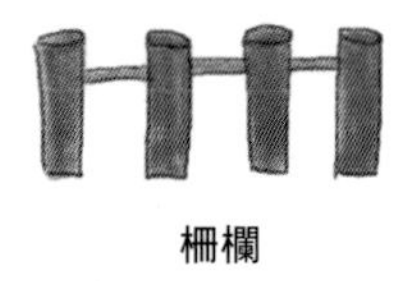

柵欄

貓坐在柵欄外的草地上看報紙

構圖二

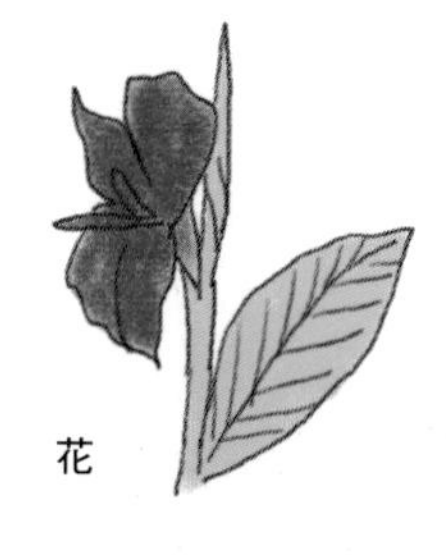

花

瓢蟲

狗狗

灑水壺

狗狗在澆花的時候發現一隻小瓢蟲

構圖三

透過基本元素 1+ 基本元素 2 進行動物新的動作編排，對每個元素進行新的位置安排。透過一樣的元素、不一樣的動作來組合成新的作品。

芭蕉花邊上看報記

狗狗被貓貓手中報紙中的新聞吸引過去了，放下手中的灑水壺，轉而和貓貓一起看報。

畫面出現的某些元素，並非孤立存在的，有時甚至可以起到橋樑作用。比如這幅畫，是什麼讓兩個動物在一起呢？是報紙，報紙讓兩個現實生活中的敵人變成了好友。插畫就是這樣，傳遞美好，讓生活也充滿著更多美好。

3 如何營造畫面氛圍？

作品的氣氛或激情或平和、或陰鬱或神秘，或清新或優雅，或恐怖或悲哀、或莊嚴或狂野。氣氛的營造在作品中有著烘托畫面的作用，給人以感染力。那麼如何營造氣氛呢？我們可以透過下面幾個方法來嘗試。

營造氣氛的四個主要因素

● 構思主題

主題的存在背景、生存狀態及其意義是營造氣氛的關鍵。所要創作的主題是歷史、傳說還是當代、現實，這些所能夠反映出的思想，作為一個創作人都需要去掌握和了解，每個人理解和傳達的內容不一樣，所營造出的氣氛也就會不一樣。

飛龍破壁

傳說中的龍與古代人物結合，神秘而有歷史感。

金龍鬧春

傳說中的龍與現代人結合，富有節日感，喜慶而熱鬧。

提示

同樣是龍為主角，但因為所要傳達的主題不一樣，與之搭配的人物以及人物神態不一樣，畫面氣氛也就會不一樣。

● 構圖安排

在前面章節中，我們講過構圖。構圖也是營造氣氛的重要因素，比如平和的氣氛多用平行構圖，莊嚴肅穆的氣氛多用垂直構圖，安穩的氣氛用正三角形構圖，不穩定的氣氛可以用倒三角形構圖⋯，能否利用適合主題的構圖是營造氣氛的關鍵。構圖形式是為營造氣氛而服務的，藝術家想表達怎樣的氣氛，就會選取與之相符的構圖形式。

孵化

對角線構圖，即把作品的主體安放在對角線上，使畫面有一定的縱深感。這幅畫中恐龍母子在一條對角線上，親子互動的動態感中給人一種安靜祥和的感覺。

禮物

三點成面最穩固，三角形構圖可以使畫面達到均衡穩固的視覺效果。三角形的形狀本身多種，所傳遞給人們的視覺感受和畫面氣氛也大不相同。這幅畫採用的正三角形構圖，營造出穩定和諧的氣氛。

提示

不同的構思用於不同的構圖。即使主題相同，構圖不同的話傳遞出去的氣氛也會不一樣。

● 形象塑造

形象是很重要的，也是最易喚起人的喜怒哀樂、並與之共鳴的符號。所以我們在塑造一個形象時基本上就給這個形象的性格定下了風格，如一個恐怖的造型，會令人產生恐懼感；一個可愛詼諧的造型會令人產生喜悅感。所以造型也是決定畫面氣氛的一個重要因素。

狂奔兔

狂奔兔的造型古靈精怪，大跨度的動作放在牠的身上一點不足為怪。

安靜兔

安靜兔的造型小巧可愛，性格比較安靜，走起路來給人一種小心翼翼的感覺。

一個造型往往也是行為動作的反映，是大咧咧還是安安靜靜，從造型中便可知曉。

光與顏色

光是影響大自然的色調的變化因素之一，也是作品視覺效果上最直接作用於氣氛的因素。光線往往被賦予了很強的情感色彩和象徵意義，順光、側光、逆光帶給人的感覺是不一樣的。光與顏色可以使畫面或燦爛或陰暗、或晴朗或朦朧，所以用什麼光和什麼色調，我們可以根據自己需要傳達的主題思想來設定。

快樂的大象

大象雖然是藍色的，但大面積的黃是這幅畫的主色調，所以畫面看起來輕快通透，給人一種很陽光歡快的感覺。

神秘的貓

從光的角度來講，這幅畫中的火把暗示著陰冷，貓的深藍與背景的藍形成強烈的對比，有點逆光的感覺。

提示

藍色的大象和深藍色的貓同樣是冷色係，相比之下藍色比深藍色偏暖，對比這兩幅畫會發現：《快樂的大象》以黃色為主調，陽光而溫暖；《神秘的貓》的主調是藍紫色，比較陰冷神秘。由此我們得出結論，色彩關係不一樣，營造出來的氣氛也會不一樣。

4 讓動物成為畫面故事的主角

現實生活中成為主角的方式有很多，比如善於穿著打扮的，能言善道的，有驚天之舉的，有傑出能力的…，那如何讓動物成為畫面的主角呢？只要做到以下任意一點，任何動物都能成為畫面的主角。

4.1 讓動物變得最大

大比小更引人注目。圖中的羊比螞蟻和小鳥大得多，因而成為視覺重點。大，很容易成為視覺重點，成為這幅畫的主角。

4.2　讓動物的顏色最亮眼

紅色是亮眼的，在紅色母雞面前，什麼白雞、黃雞、青蛙全都靠邊站。

4.3 讓動物成為獨一無二

畫面中沒有其他動物，不是主角也是主角，捨我其誰呢？

4.4 讓動物擁有獨特造型

兔子的造型獨特而搶眼，殘缺的牙齒、驚訝的表情讓人不得不把目光停留在牠的身上。

專題　我為自己命題，我的創作我做主

命題創作比自由自在地繪畫更加考驗創作能力。

如何命題　多想想自己所夢想的，想想自己平時無法做到的，這樣思路就會很開闊，創作出來的畫也有想像力，也許你的嚮往也正是讀者所嚮往的。

收集素材　題命好了，要學會收集創作素材，素材很關鍵，尤其是動物，不可能憑空捏造一個造型，即使變形也是要有依據哦！

動物素材　組合在一起，比較下效果！

背景素材　再配上環境作背景。

樹林

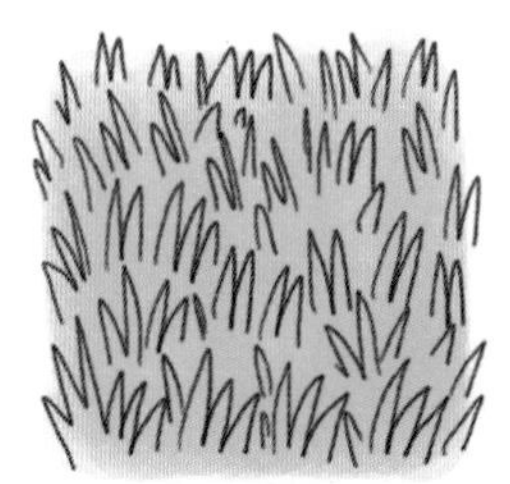

草叢

樓房

花海

思路篇 根據找到的素材，開始思考怎樣畫這幅畫，構圖就是自己思路的體現。

創作篇 選擇一種自己認為最符合主題的構圖進行繪製。

雲朵飄進了花叢裡，畫面瞬間變得縹緲了 ☺……

滿意的一幅小畫就此誕生！

完稿篇 畫出的感覺是不是之前心中想像的呢？不管是不是，一定要多多練習命題繪畫，有目的的作畫比漫無目的的作畫要進步得快得多哦！

工作再忙，也要忙裡偷閒，為自己安排一趟小旅行！不論是草原遊、叢林遊，還是園林遊，都是一種休閒方式。旅途中的各種動物更是讓自己身心放鬆，甚至獲得人生感悟的重要源泉！但在出發前，先來一趟紙上動物遊，帶著你的畫筆走進動物的世界吧！

Chapter 7

帶著畫筆走進動物的世界

抱燈籠的無尾熊

創意構思 這幅畫是計劃在元宵節左右刊發，所以選擇了應景的元素一燈籠。這盞大燈是怎麼來的呢？是小老鼠透過雲梯偷來的嗎？我們不得而知，但能猜到，這可能是和燈相關的。

繪製技法 這幅畫的局部用到了乾擦法，乾擦法是用硬毛畫筆擦出或做出乾筆的效果。乾擦時，最好要按照造型的明暗起伏變化、結構關係來運筆。乾擦法刻畫形象生動，能產生一種“意到筆不到”的藝術味道。無尾熊的身上的顆粒感，就是將牙刷沾上顏色，彈到畫面上而完成的。

飛奔的黑貓

創意構思 他很紳士，奔跑起來是那樣的帥氣。他有愛心，之所以奔跑是為了保護一隻毛毛蟲躲避鳥的獵食。

繪製技法 這幅畫在上色上沒有追求豐富多彩，相對簡單平和。貓的紅衣服選用水粉來完成，用水粉筆先平塗一個基本色，在暗面塗上重點的近似色，然後在亮部上選用勾線筆用白色提亮，這樣衣服的質感就出來了。

雪地上的白熊

創意構思 很溫暖，很溫馨的畫面──小白熊睡著了，熊媽媽背著牠繼續前行，在前進過程一朵雪花落下，熊媽媽用鼻子接住，聞聞雪花的味道。這是一種生活的姿態，親情路上，天再冷心始終溫暖。

繪製技法 這幅畫用了乾溼結合的畫法。背景的玫瑰紅可以用水彩或者水彩沾水塗上去，塗出一定的色彩層次，畫面前面的樹用了乾擦法，表現出樹的粗糙感。白熊身上的毛可以選用色鉛筆來繪製。

啃玉米的棕熊

創意構思 玉米成熟了，但並不是誰都能吃到。棕熊用自己牙齒嗑下玉米粒之後交給小鳥，小鳥沒有光顧自己吃，又給了刺蝟，這就是愛心接力。色調為紅黃調，陽光而溫暖。

繪製技法 玉米看起來複雜，但畫起來其實不複雜。我們可先畫筆在確定的玉米輪廓上用水粉筆平塗檸檬黃，然後勾線筆用中黃畫出玉米粒之間的分割線，然後在玉米的亮面塗上白色就可以了。用什麼工具可以畫好棕熊呢？我們可以選擇油性色鉛筆，色鉛筆能畫出這樣力度的線條來，平塗底色之後選擇適中顏色，比底色重的畫暗面，比底色淺的做中間色過渡，選擇黃色作為亮部色彩。

勤勞的紅螞蟻

創意構思 螞蟻採摘草莓回來了，可以看得出，這是一隻不但勤勞，而且很有創意的螞蟻，車子是用西瓜、奇異果、柳丁製作而成，畫面童趣十足。

繪製技法 這幅畫中柳丁果粒的效果是採用線條完成的。線條相互交錯，最後加幾道白線進去分割柳丁，這樣果粒的顆粒感就表現出來了。

幸福的貓頭鷹

創意構思 小貓頭鷹坐在樹幹上看著樹枝上發光的小野果，貓頭鷹媽媽在旁邊用她的翅膀保護著小貓頭鷹，生怕牠掉下去。樹的冷色與貓頭鷹的暖色形成強烈對比，讓我們把目光全部聚焦在貓頭鷹身上了。

繪製技法 貓頭鷹媽媽的毛髮是用乾擦法擦出來的，小貓頭鷹身上白色絨毛只能用彩色鉛筆中的白色一筆一筆地畫出來。

虞美人下的小鼴鼠

創意構思 虞美人花很漂亮，但小鼴鼠真正關注的是紅色的七星瓢蟲，虞美人在這裡只是一個裝飾物或背景。鼴鼠眼睛裡的小小瓢蟲反而成了主角。

繪製技法 小鼴鼠可以用水溶鉛筆來表現，用側鋒平塗身體，從亮部開始逐漸加深。塗好色彩之後，用鉛筆中鋒進行深入刻畫並排線，用密排的彩色鉛筆線畫出更多細節。臉頰上的紅潤和手上的粉色也可以用鉛筆側鋒畫出來。

狂歡的
馬達加斯加狐猴

創意構思 馬達加斯加狐猴結合印第安服飾，表現了異域風情。

繪製技法 馬達加斯加狐猴的尾巴是怎麼表現的呢？我們可選擇毛筆或者水粉筆，把筆壓扁，把筆中的水分壓出去，沾上顏料，再用手捏一捏，捏出毛刺來，然後再順著尾巴的結構和毛髮的方向繪製。邊緣的毛髮用勾線筆單獨著色繪製。

吹薩克斯的紫貂

創意構思 紫貂吹出的薩克斯樂曲猶如七彩糖般甜美迷人，深深地吸引著兔子、瓢蟲和雪人，讓他們沉醉於音樂，忘記了寒冷。音樂的世界，給予人精神的慰藉，猶如寒冷中的一股暖流，溫暖著心窩。

繪製技法 地面可以用乾擦法來繪製，背景用濕畫法來畫，乾溼結合。繪製紫貂的尾巴，要先確定底色用畫筆平刷上，然後再調一個比底色稍亮的顏色用勾線筆勾勒，最後再用更亮一點的顏色勾出亮面的毛，這樣尾巴的暗面、中間調和亮面的層次就出來了。圖上的白點雪花可以最後點上去，也可以提前使用留白液。

大象導遊先生

創意構思 強調了趣味性的構思。大象的頭髮越來越長，一隻鳥飛來把頭髮當做鳥窩並準備下蛋，這時小熊過來，為牠打了一片葉子遮陽擋風。

繪製技法 大象身上的點點元素，可用噴繪法繪製，也可以用噴筆噴，若沒有噴筆就用牙刷沾顏料彈在畫面上。為避免噴到不需要噴的地方，一般先畫出輪廓，再鏤空這個圖形，然後再套版進去，這樣顏色就能準確出現在需要噴繪的地方了。

喜歡聖誕禮物的馴鹿

創意構思 聖誕主題的插畫，畫面中大部分元素都和聖誕節有關，如馴鹿、聖誕帽、各種禮物等等。各種聖誕元素聚在一起，聖誕味道十足。

繪製技法 這幅畫的畫面感較厚實，可以用水粉來繪製。比如聖誕帽的紅色部分，取三種不同明度的紅分別用於亮部、暗部和中間色部分，先用中間色平鋪，然後用顏色最重的紅色畫暗部，最後用最亮的紅色提亮，顏料可以稍微乾些，提亮時適當透著中間色或較重的紅色，這樣表現的效果比較有層次感。

正在放哨的貓鼬

創意構思 貓鼬是一種警覺性很高的動物，站立著給同伴放哨時，讓人不禁聯想到扛著紅纓槍放哨的畫面，這裡用樹枝代替紅纓槍，比較有趣的是這根樹枝恰好成為鳥兒們的落腳地。

繪製技法 這幅畫用到了不少點的元素，比如貓鼬頭頂的點點元素，這是一個V形狀向外擴散形的點。還有貓鼬身上的點，這裡點點元素主要是用來表現貓鼬身上的毛。小鳥身上也有不少點的元素，主要作用是豐富畫面。

認真看書的青蛙

創意構思 看書是生活中常見的狀態，我們把這個狀態用在動物身上，為了有親子效果，選擇背靠背的姿勢。

繪製技法 為增加畫面的美感，選擇畫面周圍都是花的形式。這樣的構圖把視覺集中在青蛙身上，讓主題更加鮮明。青蛙的顏色選用了墨綠、中綠、黃綠，這樣畫出來的青蛙比較清新。

正在思考的小豬

創意構思 南瓜怎麼會爬到架子上呢？小豬在思考這個問題。現實中有很多問題需要我們去思考，也許自己眼裡的難題，別人一兩句話就點破了，但我們依舊會思考，思考使人進步！

繪製技法 格子褲是怎麼表現的呢？先給褲子塗上基礎色，再用一個淺色的寬筆刷畫出橫條和豎條，線條相加就成了格子。不過畫格子圖案的時候並不是直接用橫直線豎直線簡單相加，這樣出來的效果很呆板。最好在畫橫線豎線的時候，有意識地控製線條之間的不規則的間隙，這樣出來的效果會比較自然。最後為了豐富細節，再用亮白線條沿著橫豎條的邊緣畫一次。

閃閃惹人愛的牛

創意構思 瓢蟲向喜歡已久的牛獻花了！鱷魚也想給牛獻花可惜被瓢蟲捷足先登。雖說愛沒有國界種族之分，但作為一頭牛，還是最希望現在給他獻花的是一頭牛。

繪製技法 這幅畫中的牛，先用色彩平鋪，鋪色時註意明暗變化，然後再用彩鉛線條隨意地畫上去，這樣所表現出的肌理感比較強，很有滄桑感。

沉醉花香的白熊

創意構思 熊愛的也許不是花，而是花蜜。

繪製技法 怎樣表現出白熊的白色皮毛呢？如果單純用白色表現是不會出效果的，我們可以主動加一種色彩進去，或者加入環境色等，保留以白色或者灰白色為主的主體色，這樣整體看起來還是白色的感覺。

孤獨的藍企鵝

創意構思 背景繁花似錦，卻沒人一起欣賞，孤獨企鵝即使很快樂也無法分享。一個人的孤獨是真孤獨，一個人的快樂不是真快樂。

繪製技法 花主要是平塗為主，企鵝是以噴繪漸變為主，色彩上為企鵝選擇的是藍色，飽和度不高的藍色代表孤獨憂鬱。

快樂的小黃雞

創意構思 哼著小曲唱著歌，有吃有喝就是快樂。

繪製技法 這幅畫用的塊面平塗法繪製，小雞身體的顏色選擇黃色，黃色代表歡樂、希望、柔和、愉快和光明。

撿紅果的小貓

創意構思 一個人丟棄的恰好就是另一個人所珍惜的，之所以丟棄是因為不懂得其價值和意義。之所以珍惜是因為懂得去發現價值、懂得去愛。

繪製技法 元素上下呼應，小貓手上的紅果與地上的紅果相互呼應，同時它們間也是相互的因果關係，因為掉在地上才有小貓撿果子的舉動。這幅畫的服飾上用到了點、線、面。衣服用的是橫線條，衣服用的是斜線條，短褲則是用的短虛線。

拿著氣球的小鹿

創意構思 秋風陣陣，拿著氣球走在路上看著樹葉飄灑，是何等愜意啊！

繪製技法 地面的落葉與小鹿手裡的氣球，暗示著風的存在。暗示也是一種創作手法，不用直接畫出來，透過其他元素便可表現出來，給人更多想像的空間。因為天氣有點涼，小鹿穿著毛衣，毛衣上的線條除了少量的短直線，大部分是用曲線完成，這樣毛衣的質感才會容易表現出來。

一群小鳥

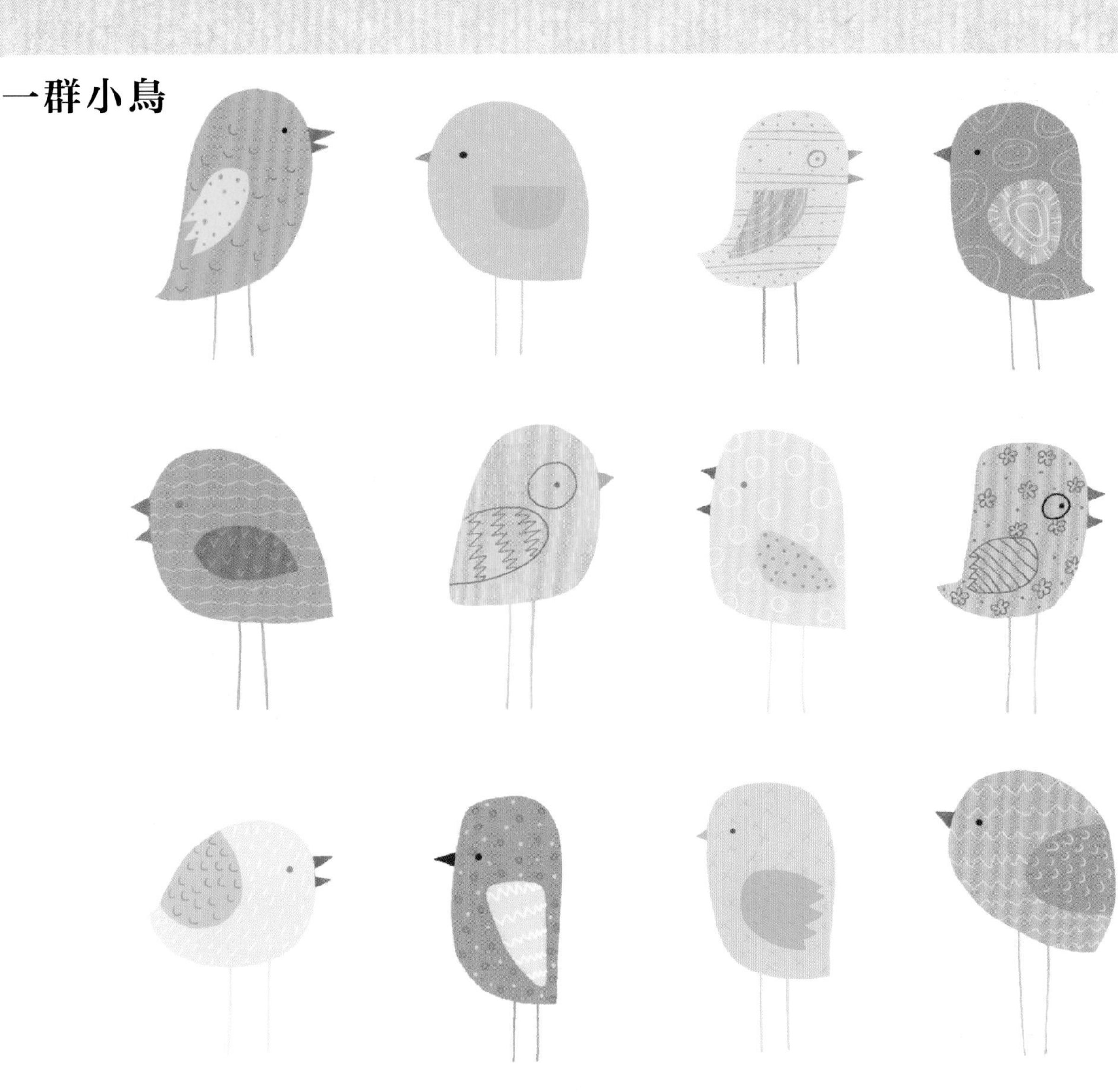

創意構思 不同的造型、不同的紋樣、不同的色彩塑造出了12隻不同性格的小鳥。

繪製技法 這麼多小鳥，這麼多顏色，怎麼才能容易做到看起來整體上是一幅和諧的畫呢？一般來講，要嘛造型統一些，要嘛色彩統一些，但這幅畫都沒做到。但這幅畫不管色彩如何多，最終選用的都是粉色系，如粉綠、粉紅、粉藍、粉黃，所以這幅畫是“粉”的統一體。

一隻貓頭鷹

創意構思 貓頭鷹註定是孤獨的，但這並不表示牠不喜歡熱鬧。

繪製技法 若採用平塗法，結構上簡單地畫，怎樣才能豐富畫面呢？那就是在平塗好的色塊中加入各種形狀的點線面元素。

孵蛋的老母雞

創意構思 母雞孵蛋圖，似乎這個蛋已經孵了好一陣了，看背景大大的月亮，母雞是不是在想：我第一天孵蛋的時候月亮還是月牙狀呢，現在的月亮都是大大的圓月了。

繪製技法 這一幅圖是用色鉛筆繪製的，因為是在彩色影印紙背面繪製的，紙張本身有點泛黃，色調本身就有懷舊的感覺。作畫時是一筆一筆畫上去的，繪製的時間比較長，比較考驗人的耐心，再者色鉛筆不好修改，最好是一氣呵成。

花下的那隻小鳥

創意構思 所謂“鳥”語“花”香，鳥與花是作畫時的最佳拍檔。

繪製技法 這一幅畫是使用色鉛筆繪製的畫，花瓣是一遍又一遍地畫上去，可以說是線條密集和線條稀鬆的對比，線條密集的地方顏色就重，線條稀鬆的地方顏色就淺。

雪地上的兔

創意構思 白兔和灰兔在一起其樂融融，沒有種族之分，更沒有歧視。幸福的兔子一家與孤獨的饞嘴鳥形成鮮明的對比。

繪製技法 這幅畫用水彩繪製，用到了留白液，天空中的雪花和房頂的雪花是留白液的效果。留白液記得用水稀釋後再點上去，幾分鐘內留白液會乾燥形成一層薄膜。在周圍上色完畢以後用手指搓一下，薄膜脫落後原來的底色就會呈現。

在期盼中張望的狗狗

創意構思 狗狗趴在那兒在看著什麼？艾玩兔都睏了，狗狗還在張望，從牠期盼的眼神中我們猜想是不是在盼望著外出的爸爸媽媽早點回家呢？

繪製技法 這是一幅水彩畫。為了表現狗狗俐落的鬍鬚，直接使用簽字筆畫上去。

觀察螞蟻的青蛙

創意構思 青蛙在觀察螞蟻們搬家，其中一隻螞蟻很好奇青蛙為什麼會來觀察他們搬家。

繪製技法 這幅畫是用水彩結合色鉛筆繪製而成，先用水彩把這幅畫的色彩關係以及結構畫好，然後用彩鉛修飾細節，比如青蛙上身的毛衣線條就是用彩鉛繪製，還有背景天空的雲彩也是用色鉛筆繪製的。

摟抱青蛙的笨熊

創意構思 不可否認這是一隻非常有愛的熊，這麼多小動物願意貼近牠。但也不能否認這是一隻笨手笨腳的熊，看，抱青蛙時把青蛙都勒得吐舌頭了。

繪製技法 這是一幅用油畫棒繪製的畫。油畫棒有較強的筆觸感，顏色鮮豔，只是細節刻畫上稍弱，所以採用油畫棒上色的畫面中主體物一般體積比較大，有時也是簡單拙樸的。

專題

動物旅行記

噴水好涼快！
海邊才涼快呢！
我們可以去海邊玩！
好主意！
去告訴大家！
我要參加！
我也要加入！
我可以在途中給大家解悶！
有了我的加入就可以來一場音樂舞會了！
我帶大家一起去海邊，出發！

自從出生那天起，我們就擁有了跟隨自己一生的生肖。這是十二種充滿靈性的動物，我們一起來畫出自己的生肖吧！也可以將自己或看到或聽到的與動物有關的趣事畫下來，再繪製動物賀卡、明信片、筆記本送給親朋好友。你一定會獲得他們讚賞哦！

Chapter 

親近動物，親近自然

1 一起畫動物趣事

動物的世界多姿多彩，趣事數不勝數，用畫筆畫出你看到的最好玩的動物趣事和大家分享吧！

1.1 畫自己所見的動物趣事

一塊曬曬

昨天集體尿褲子，今天集體曬太陽。

全家總動員

沒辦法，孩子太多了，管不過來，沒有比這個辦法更好的了。

1.2 創作一篇動物趣味作品

小貓覓食記

1 一隻白貓看見上邊有魚。

2 牠叫來一隻黑貓。

3 又叫來了一隻黃貓。

4 最後還是沒吃著……

2 畫出我和我最喜歡的人的生肖

十二生肖代表年份的十二種動物。每個人都有自己生肖，我們一起來畫一套生肖形象吧，然後將相應的生肖形象送給家人和朋友，給他們一個驚喜哦！

2.1 十二生肖圖

2.2 我喜歡的人的生肖

皓皓的奶奶屬龍哦

年紀大，但幹起活來依舊是生龍活虎的

皓皓是屬豬的

吃飯不多，是瘦“豬”，是隻愛運動的“豬”

皓皓的爸爸屬大公雞

每天像公雞一樣啼叫，催人奮進

你也來為你的親朋好友或者
喜歡的人繪製一幅生肖圖吧

畫出無窮創意的動物畫｜善用點、線、面，手繪插畫就是這麼簡單！

作　　者：畫兒晴天
譯　　者：陳怡伶
企劃編輯：王建賀
文字編輯：江雅鈴
設計裝幀：張寶莉
發 行 人：廖文良

發 行 所：碁峰資訊股份有限公司
地　　址：台北市南港區三重路 66 號 7 樓之 6
電　　話：(02)2788-2408
傳　　真：(02)8192-4433
網　　站：www.gotop.com.tw
書　　號：ACU071000
版　　次：2015 年 10 月初版
建議售價：NT$299

讀者服務

- 感謝您購買碁峰圖書，如果您對本書的內容或表達上有不清楚的地方或其他建議，請至碁峰網站：「聯絡我們」\「圖書問題」留下您所購買之書籍及問題。（請註明購買書籍之書號及書名，以及問題頁數，以便能儘快為您處理）
http://www.gotop.com.tw

- 售後服務僅限書籍本身內容，若是軟、硬體問題，請您直接與軟體廠商聯絡。

- 若於購買書籍後發現有破損、缺頁、裝訂錯誤之問題，請直接將書寄回更換，並註明您的姓名、連絡電話及地址，將有專人與您連絡補寄商品。

- 歡迎至碁峰購物網選購所需產品
http://shopping.gotop.com.tw

國家圖書館出版品預行編目資料

畫出無窮創意的動物畫｜善用點、線、面，手繪插畫就是這麼簡單！/ 畫兒晴天原著；陳怡伶譯. -- 初版. -- 臺北市：碁峰資訊, 2015.10
面；　公分
ISBN 978-986-347-797-6(平裝)
1.動物畫　2.繪畫技法
947.33　　104018950